Café Majestic

Stéfanie Sande

Café Majestic

ALFAGUARA

Copyright © 2023 by Stéfanie Sande

Grafia atualizada segundo o Acordo Ortográfico da Língua Portuguesa de 1990, que entrou em vigor no Brasil em 2009.

Capa
Tereza Bettinardi

Ilustração de capa
Catarina Pignato

Preparação
Elvia Bezerra

Revisão
Marise Leal
Márcia Moura

Os personagens e as situações desta obra são reais apenas no universo da ficção; não se referem a pessoas e fatos concretos, e não emitem opinião sobre eles.

Dados Internacionais de Catalogação na Publicação (CIP)
(Câmara Brasileira do Livro, SP, Brasil)

    Sande, Stéfanie
        Café Majestic / Stéfanie Sande. — 1ª ed. — Rio de Janeiro : Alfaguara, 2023.

        ISBN 978-85-5652-184-2

        1. Ficção brasileira I. Título.

23-154440   CDD-B869.3

Índice para catálogo sistemático:
1. Ficção : Literatura brasileira   B869.3
Tábata Alves da Silva – Bibliotecária – CRB-8/9253

Todos os direitos desta edição reservados à
EDITORA SCHWARCZ S.A.
Praça Floriano, 19, sala 3001 — Cinelândia
20031-050 — Rio de Janeiro — RJ
Telefone: (21) 3993-7510
www.companhiadasletras.com.br
www.blogdacompanhia.com.br
facebook.com/editora.alfaguara
instagram.com/editora_alfaguara
twitter.com/alfaguara_br

*Este livro é dedicado aos meus pais, Silvia e Jorge,
e aos meus padrinhos literários: Eduardo Mahon,
Luiz Antonio de Assis Brasil e Ramon Carlini.
E, é claro:
Para Lia.
Para Pietro.
E, em especial, para Felipe Martins.*

Mas passar de Ninguém a Alguém não acontece sem traumas. O escritor-ninguém precisa despir o manto da invisibilidade e vestir o manto da visibilidade. Dizem que Marilyn Monroe teria comentado: "Quando se é ninguém, não se pode ser alguém sem se tornar outra pessoa".

Margaret Atwood, *Negociando com os mortos*

1

Entro e ocupo uma das mesas com vista para as janelas em arco. O túnel verde de tipuanas balança sobre a rua mais bonita de Porto Alegre. O tempo fecha.

— Bem-vinda — diz o garçom vestido de preto, o rosto coberto por uma máscara de pano com as iniciais do café e o nome "Henrique" bordado na lapela da camisa. — Já foi atendida?

Digo que não, aceito o cardápio. Ele hesita, como se quisesse dizer algo mais. Talvez tenha me reconhecido. Folheio o menu sem interesse, notando como um pingado custa o triplo agora que a Pão & Delícias virou Café Majestic. Peço um expresso duplo. Henrique diz que o especial do dia é mil-folhas.

— Dá para pedir até dois recheios. — Ele recomenda a combinação Nutella com creme de frutas vermelhas. Agradeço e recuso. Ele anota o pedido. — Muito bem, dona Santanella.

Ele me reconheceu. Quem diria?

O aroma de folheado invade minhas narinas. Aconchego-me na cadeira, notando como tudo é novo com cara de velho. O propósito, imagino, é ambientar os clientes num filme de época, mas com álcool em gel em todas as mesas, é claro, além de Wi-Fi e calefação. Sentei aqui para ver Blake chegando. Tenho uma hora até o encontro. Tiro meu iPad da bolsa e abro o e-book na primeira página. Antes de começar a leitura, absorvo mais uma vez os arredores. É curioso estar onde Blake trabalhava quando ganhou um milhão de reais.

Polaroides

Como descrevê-la?

Blake não vai a lugar nenhum sem blazer e gravata. Adotou essa regra durante a metamorfose, quando enterrou Bruna Reis e compareceu ao funeral vestida a caráter. Era apenas apropriado despedir-se do seu velho eu com toda a pompa e circunstância. Blake era assim. Eu poderia gastar páginas sem fim detalhando, mas para quê? Vamos ao que interessa.

Blake queria ser roteirista. Escreveria filmes de baixo orçamento sem nenhum apelo ao *hoi polloi*. Era uma questão vocacional. Ganharia uma Palma de Ouro logo de cara. A indicação ao Oscar colocaria seu trabalho sob os holofotes, mas não venceria este último. Comercial demais.

Ao final de dois anos de mestrado, concluiu um roteiro de longa-metragem de 120 páginas sobre o declínio de um relacionamento sáfico. Na defesa, citou *Na casa dos sonhos* como inspiração. Uma mentira. A inspiração atendia por Roberta, mas Blake não queria mais tocar no assunto.

Expressei-me mal antes. Blake não ganhou um milhão de reais sozinha. Na verdade, nem viu esse dinheiro. Como? É simples. No primeiro ano da pandemia, *Jardim de inverno* foi contemplado com a Lei Aldir Blanc de fomento a produções audiovisuais. Oscar Capelli forneceu seu CNPJ para a inscrição na condição de dirigir o filme se ele fosse selecionado. Publicitário aspirante a diretor de cinema, Oscar nasceu em uma família cujos bens incluíam uma produtora de nome pavoroso: Pampa

Produções. A dupla de iniciantes tinha poucas chances, mas passou no edital. O segredo? O tio de Oscar. Com inúmeras peças, filmes e novelas no repertório, ele tinha influência entre os jurados para fazer o projeto do sobrinho conseguir a pontuação necessária. Blake sabia quem ele era e as histórias que corriam em torno dele. Deixou de lado o desconforto quando ficou claro que *Jardim de inverno* seguiria livre daquela sombra.

No começo, Blake sentiu como se estivesse num sonho. Mal acreditava que sua carreira de cineasta começaria aos vinte e cinco anos. Muito mais cedo do que imaginara, muito mais tarde do que queria. Passava as horas divagando enquanto preparava os pedidos de delivery no Café Majestic, recém-aberto e já em maus lençóis. Pandemia. Sem clientes para atender, ela e Oscar trocavam listas de referências por mensagem de texto, sempre enaltecendo *Sonata de outono*, embora nenhum dos dois realmente gostasse do filme.

Três meses arrastaram-se sem que o dinheiro entrasse na conta. Oscar protocolou pedidos de celeridade. Recurso emergencial e tudo mais. Nesse meio-tempo, a euforia de Blake diminuiu, mas não morreu. Ela reescreveu cenas inteiras, melhorou diálogos e cortou uma personagem. Leu e releu o roteiro incontáveis vezes, assistindo ao filme mental que suas palavras descreviam com um único pensamento: genial. Melhor que isso, não tem como.

Em agosto de 2020, a produtora recebeu os recursos. Hesitante em começar a pré-produção, Oscar insistiu em um roteiro definitivo, o que ofendeu Blake. Seu roteiro era definitivo, ela disse, argumentando que aquela era a versão aprovada na seleção rigorosa que avaliou centenas de histórias e escolheu a sua, mas não teve jeito. Por insistência de Oscar, e vendo-se sem saída, Blake participou de consultorias com acadêmicos, amigos da família e até uma *script doctor* da Netflix. Essa última olhou Blake na videochamada e disse:

— Esse roteiro se beneficiaria muito se fosse escrito por outra pessoa.

E lá se foi mais um mês. Oscar nunca levantou a voz e procurava ouvir o lado de Blake nas discussões, mas a decisão final era dele. Um diplomata que, de alguma forma, sempre conseguia o que queria. Blake perdeu a paciência. Outras três semanas sem progresso e ambos em pé de guerra, até que a produtora forçou um consenso: trariam um colaborador externo. O colaborador? O tio de Oscar. Blake não acreditava naquilo. Como *Jardim de inverno* teria qualquer tipo de sucesso se Oscar insistia não só em desmembrá-lo, como também em manchar a história com a reputação desse tio? Ela bateu o pé, mas de nada adiantou. Sua obra teria um novo consultor e corroteirista. Ele chamava-se Wagner Capelli.

Blake saiu do Café Majestic com *Jardim de inverno* embaixo do braço. A gravata vermelha batia contra o peito ao percorrer os dois quarteirões até o restaurante em que haviam combinado de se encontrar. A fachada com infiltração e tinta descascando, típica dos edifícios do centro histórico, feriu sua sensibilidade estética. O ambiente não combinava com seu conjunto risca de giz. Queria fugir, mas se tinha esperança de ver suas ideias numa tela de cinema, precisava da reunião.

Reconheceu Wagner Capelli de imediato. Encurvado sobre as palavras cruzadas de um jornal, tinha os cabelos brancos cobertos por um chapéu bege de pescador. Uma tigela com restos de sopa descansava ao lado de migalhas de pão. Quantos anos Wagner tinha agora? Sessenta? Sessenta e cinco? Era na idade que Blake pensava quando se postou na sua frente. Wagner olhou Blake de esguelha e ajustou os óculos.

— Eu não sabia que essa era uma reunião formal — ele disse, anotando uma palavra. Franziu a testa, contou os quadrados. — Deixei minha gravata em 1982.

Blake encarou o teto. Seu olhar acompanhou uma mancha até o meio das paredes. Que tipo de restaurante ainda pintava a metade de cima de branco e a metade de baixo de verde-água?

— Sete letras, plural de arredio, tímido — Wagner disse, cruzando as pernas. — Tem um A no começo.

Blake concentrou-se, movendo os olhos de um lado para o outro como se assistisse a uma partida de tênis. Sete letras... A audácia de Wag... Retraído? Não, oito letras e singular. Como ele tinha coragem de ser tão... Xucros? Seis letras. Arredio, tímido, audacioso...

— Ariscos.

Wagner contou os quadrados, escrevendo "ariscos" em letras garrafais. Como não dava sinais de que convidaria Blake a sentar, ela acomodou-se na cadeira, empurrando a tigela suja para longe.

— Interessantes as suas unhas.

Blake olhou as mãos: as unhas, curtas e limpas, não podiam ser mais desinteressantes.

— Não tem nada nelas — Blake disse.

— Pois é.

Silêncio. Wagner virou o jornal. Anotações manuscritas preenchiam as laterais em branco.

— Pronta para discutir os problemas do seu roteiro?

Blake cruzou os braços. Problemas?

— Claro.

O problema é que não acontecia nada em *Jardim de inverno*.

— São 120 páginas de introspecção na vida de uma jovem superando um término — Wagner disse, rasgando um sachê de açúcar e despejando o conteúdo num copo americano com café. — Ela não entrevista ninguém, nunca conhece o poeta, não escreve nada a não ser aqueles tuítes. Não vejo problema nenhum em uma menina conduzir a história, desde que ela tenha problemas reais.

Blake mordeu a parte interna da bochecha com tanta força que sentiu o gosto metálico do sangue na língua.

— Problemas reais? — ela repetiu.

Jardim de inverno era, de fato, uma jornada introspectiva na qual Camila reencontra a beleza do cotidiano ao buscar uma entrevista com um poeta recluso num quarto de hotel. A entrevista nunca acontecia. Wagner comentou que a inspiração em Mario Quintana era interessante, mas insuficiente. Blake deveria aproveitar mais essas referências. O poeta e Camila encontravam-se destituídos de todos os atributos que os tornavam envolventes. Na verdade, o poeta era apenas um pedestal em torno do qual a história acontecia. Camila, uma sombra.

— Um problema que mova a trama. — Wagner pegou a colher e mexeu o café. O barulho do metal no vidro fez Blake ranger os dentes. — Um conflito mais forte do que "minha namorada não me ama mais" ou "o poeta que eu gosto não sabe que eu existo".

Blake revirou os olhos, mas anotou os comentários. A reunião seguiu dessa forma por mais uma hora. Quando alcançou o ponto de ebulição, Wagner pagou a conta, alegando outro compromisso, e foi embora mancando. Blake demorou-se um pouco mais. Wagner mancava por causa do frio ou algum desnível na perna? Talvez um acidente no passado. Blake levantou-se. Não suportava mais o cheiro da comida e a parede bicolor. Na frente do restaurante, descartou o roteiro em meio aos sacos de lixo. Minutos depois, voltou. Com uma careta, pescou as folhas encadernadas de uma poça de chorume.

2

— Um expresso duplo.

Henrique põe a xícara branca com detalhes dourados na minha frente. Agradeço. Ele pergunta se preciso de mais alguma coisa e sai quando digo que não. Meu celular vibra e vejo uma mensagem de Blake. A chuva triplicou o preço do Uber, ela vai atrasar. Respondo que não tem problema e deixo o celular em cima da mesa. Adoço o expresso, mesmo sabendo que se adoçar não é expresso. Tomo um gole. Continua amargo.

A chuva engrossou, fazendo aquele barulho tão romantizado pelos escritores ao bater no vidro das janelas. O contraste entre a luz fria vinda de fora e a luz quente dos abajures dá uma sensação de aconchego.

— Gostaria de mais alguma coisa, dona Santanella?

Peço o menu. Como Blake vai demorar, decido comer. Tudo parece bom, mas desejo abundância de manteiga. Um folheado, talvez. Cedo ao croissant de presunto e queijo com um cappuccino para acompanhar. Henrique anota meu pedido.

Reparo como ele anda até o balcão do outro lado, conversando com uma mocinha que ajeita três chocolates quentes em uma bandeja de prata. Imagino Henrique falando com Blake dessa mesma forma. O quanto ele sabia de Blake? O quanto ela sabia dele? Ele era o companheiro das tardes que Blake passou escrevendo no balcão do Majestic.

Volto ao iPad, batendo o indicador na tela para retomar o início do capítulo. Blake conheceu Wagner em outubro. Embora eu não lembre a data exata, tenho a sensação de que também o conheci no final do ano.

Porto Alegre, 1993

Eu tinha treze anos quando o vi pela primeira vez na saída do Colégio Waldorf. Esperava mamãe com o meu joelho enfaixado. Talvez fosse o calor ou talvez a agressividade que aflorara desde a morte do meu pai. Impossível dizer o que me fez jogar o corpo contra minha colega numa partida de handebol. Caímos. Ralei o joelho. Alexandra levantou com as mãos na cintura.

— A gente tá no mesmo time, sua idiota!

Sentei no chão e analisei o estrago. Com a patela entre os dedos, deixei o sangue escorrer pela perna. O professor apitou. Na enfermaria, passaram Merthiolate no machucado e enfaixaram com três voltas de gaze. Fiquei com mais raiva ainda quando ligaram para mamãe.

— De novo, Paulinha? — o porteiro, fumando um paieiro ao meu lado, perguntou. — Aprontou?

— Eu não. — Contei o caso, ressaltando a cotovelada que levei na costela. — Nisso ninguém repara.

O porteiro riu.

— Por isso que te chamam de Paulada.

Minha mãe não tinha carro. Estranhei quando um Chevette vermelho parou no meio-fio com a seta piscando. A princípio, pensei que fosse outra pessoa, mas então o vidro do motorista baixou e minha mãe inclinou-se sobre o homem que dirigia. Gritou meu nome. *Paula*. Analisei aquele estranho com olhos cerrados. Eu sabia que minha mãe namorava, embora nunca confessasse. Mas ali, à luz do dia, achei que ela estava louca de substituir meu pai por alguém tão feio.

Dei a volta no carro. Minha mãe saiu do banco do passageiro. Ela vestia as roupas de ballet por baixo de um cardigan cinza. No tempo que levou para eu me acomodar no banco de trás, ela disse:

— Esse é o Wagner.

Quando apertei o cinto, incapaz de sorrir para aquele homem, ela botou a mão sobre a perna dele e se virou para mim sorrindo. Então, disse que estava noiva.

No Natal daquele mesmo ano, meu irmão trouxe a primeira namorada para a festa de família. Júlia Vargas era uma adolescente raquítica. Tão raquítica, de fato, que os outros gritavam "varapau!" quando ela passava no pátio da escola. Ela e meu irmão estudavam na mesma turma. Vovó não disfarçou a careta ao analisar a menina de preto com lápis borrado embaixo do olho, cabelo liso tigelinha e aparência andrógina. Cumprimentou Júlia com dois tapinhas nas costas.

— Que prazer conhecer a namorada do André.

Depois disso, as coisas voltaram ao caos de sempre: vovó dando ordens, um bebê correndo atrás dos cachorros e mamãe bebendo uísque. Júlia respondia às perguntas de mamãe em monossílabos sem que André fizesse nada para amenizar o desconforto. Wagner chegou quando vovó carregava o chester com luvas térmicas.

— Ah, esse é o Natal dos casais! — ela disse.

Escalou Wagner para cortar o pernil, pois, segundo ela, o homem da casa deveria "começar os trabalhos". Vovô não respondeu à provocação. Quando Wagner errou o corte, minha vó endireitou a mão do genro e, no final das contas, cortou o pernil conduzindo as mãos dele. Wagner não reclamou.

— Sirvam-se, sirvam-se! — ela pediu, batendo palmas depois da oração.

Vovó serviu meu prato com uma coxa, arroz grego e batata palha. Pesquei as uvas-passas enquanto o resto da família submergia no burburinho da conversa. Meu avô perguntou a Wagner sobre o "aspecto financeiro" do teatro. Queria saber como ele ganhava dinheiro. Quem é que sobrevive como ator?

— Pai, por favor — minha mãe disse, arrastando as palavras e esvaziando o copo. — Wagner também escreve. E dirige!

É possível que minhas lembranças estejam manchadas pelos episódios que sucederam àquele Natal. Talvez as coisas tenham acontecido de forma mais sutil. Talvez Wagner não tenha encarado Júlia com tanta sede. Mamãe falava de dinheiro com o meu avô. Júlia beliscava a maionese. Quando mamãe foi buscar mais Old Parr, Wagner virou-se para Júlia e disse:

— Sabia que você parece uma modelo?

Polaroides

Blake chegou em casa com a ansiedade corroendo o estômago. As páginas manchadas de lixo não ajudaram. Largou o roteiro no chão e pendurou o blazer atrás da porta. Na sala, viu a mesa posta com duas taças e uma garrafa de moscatel. A bagunça usual fora transferida para o sofá de três lugares, de onde a gata, Daegu, observava o movimento em meio aos livros e cadernos. Pelo cheiro de alho, Ana preparava sua especialidade: risoto caprese com parmesão ralado. Blake reconheceu uma música do BTS ressoando na cozinha. Ana apareceu com um avental por cima do cropped de mangas compridas.

— Você não vai acreditar! — ela disse aos pulos, repetindo a frase mais duas vezes. Beijou os lábios de Blake com um estalo.

Blake e Ana moravam juntas havia dois anos. Conheceram-se um dia depois do match no Tinder. Sentadas em um café e floricultura chamado Ginko, Blake comentara que só conhecia cactos e samambaias. Ana listou os nomes dos arranjos à venda com conhecimento enciclopédico. Ambas riram. Naquela época, Ana concluía o TCC em jornalismo com foco no movimento negro, do qual fazia parte. Habitava o limbo dos que são brancos demais para serem negros ou negros demais para serem brancos. Em uma reunião do coletivo sobre o plano governamental de embranquecimento da população brasileira, Ana comentou que a birracialidade provinha em grande parte do estupro de mulheres negras. Um dos integrantes riu e retrucou que, no caso dela, era porque tinha pai palmiteiro. Ana raspou o afro e nunca mais apareceu. Com o diploma em mãos, concentrou sua energia em casos de assédio, estupro e feminicídio. Tentou um estágio no jornal-de-prestígio de São Paulo, mas não conseguiu a vaga. Fingiu não se afetar, mas a recusa, combinada com a pandemia, fez com que Ana mergulhasse em uma obsessão atrás da outra. Foi assim que descobriu o k-pop. Logo depois, conseguiu um emprego num site de notícias. Acreditava que seria contratada no jornal-de-prestígio com uma matéria excepcional em que o equilíbrio entre o factual e o pessoal seria não só notável, mas emocionante.

— Você pega a tábua, por favor? — Ana pediu, vestindo as luvas térmicas e levando a panela de risoto até a mesa. — O queijo também.

Sentaram-se. Blake serviu duas colheres e cobriu o topo do prato com uma camada de parmesão ralado. Abriu a garrafa de moscatel e encheu as taças, entregando uma para Ana. Ela bebeu um gole.

— Lembra do caso Vargas? — Ana perguntou.
— Hum.

Não lembrava. Ana cobria um caso atrás do outro, compartilhando tudo nos mínimos detalhes. Isso, misturando às minúcias de cada membro do BTS, fazia com que Blake desligasse durante as conversas. Só pescava informações suficientes para responder a eventuais perguntas. Comentou o que lembrava do caso Vargas. Era o que não daria em nada?

— A coisa mudou de figura — Ana disse, incapaz de conter a excitação. — Agora só preciso de um pouco de paciência.

Serviram-se de risoto e, enquanto comiam, ela explicou os detalhes. Uma ex-atriz acusava Wagner Capelli de assédio e abuso psicológico nos bastidores de uma peça dos anos noventa.

A atriz chamava-se Júlia Vargas. Wagner envolvera-se em diversos casos assim, todos reportados em detalhes, nenhum com provas suficientes. Resumiam-se ao "ele disse, ela disse" e acabavam em nada. Ana escondia sua motivação pessoal ao acompanhar esses processos, mas Blake sabia bem o porquê. Oscar Capelli era seu primo. Wagner, seu tio, irmão mais velho da mãe de Ana. Ao casar com Augusto Trindade, Renata Capelli — mãe de Ana e a caçula dos filhos Capelli — cortou relações com os irmãos. Ana referia-se aos Capelli como "a ala fascista" da família. Ocultava o sobrenome quando assinava suas matérias, usando apenas o Trindade do pai. Blake desconfiava de algo sério, mas nunca perguntou. Ana não gostava de falar sobre o assunto. Mesmo assim, quando Blake concluiu o mestrado, foi Ana quem a apresentou a Oscar. *Jardim de inverno* estaria na gaveta se não fosse por ela. Blake bebeu o moscatel sem dizer uma palavra. Será que Ana sabia que ela trabalharia com Wagner de agora em diante? Blake finalizava a terceira taça quando a namorada perguntou:

— E a sua reunião?

Talvez fosse a bebida, talvez o fato de ter pescado seu roteiro de uma poça de chorume ou talvez fossem as críticas incessantes. Talvez fosse o peso na consciência. Blake desatou a chorar. Ana sentou ao lado dela, acariciando suas costas e perguntando baixinho o que tinha acontecido. Não era do feitio de Blake chorar daquela maneira. Blake contou tudo: sua inteligência testada na indignidade das palavras cruzadas, a fraqueza estrutural do roteiro, a falta de personagens e o quanto sua protagonista era desinteressante para todos, menos para ela. Ana escutou, preocupada, sem tirar as mãos dos ombros de Blake. Quando o relato terminou, encheu a taça da namorada de água.

— Quem era esse consultor?

Blake congelou. Tentou ler no olhar arregalado de Ana a suspeita. Ela sabia ou não? Aquilo era um teste? Não tinha motivos para mentir, mas como Ana reagiria se soubesse que o consultor era Wagner?

— Um cara que era famoso um milhão de anos atrás.

Uma parcela da verdade estava longe de ser uma mentira. Ana terminou o que ainda restava do moscatel.

— Alguém que eu conheço?

Blake deu de ombros e, um momento depois, Ana levantou de súbito. Blake prendeu a respiração. Fora pega na mentira.

Três da manhã.

Blake acordou com os efeitos da embriaguez martelando nas têmporas. Do outro lado da cama, o corpo de Ana movimentava-se no ritmo suave da respiração. Blake aconchegou-se nas cobertas, aproveitando o calor da namorada, mas o sono não veio. Virou de um lado para o outro. Por fim, desistiu. Saiu do quarto sem fazer barulho.

A luz dos postes iluminava a sala. Abraçando a si mesma contra a gelidez, Blake pegou um casaco de lã. Daegu enrolara-se no sofá. As taças continuavam na mesa, assim como o livro que Ana buscou depois do desabafo. Levantara de supetão não porque pegou Blake na mentira, mas para contribuir com uma ideia. Ela voltou do escritório com um livro em mãos, o livro que agora Blake folheava. Ela abriu na marcação, onde encontrou um photocard de um *idol* puxando a camisa para cima, a barriga lisa com os músculos do abdômen retesados à mostra. Blake balançou a cabeça. Que fixação era essa que Ana, uma mulher lésbica que fingia ânsia de vômito diante da mera sugestão de sexo com um homem, tinha com *idols* de k-pop? Blake até sabia o nome daquele: Jin. Passara a reconhecê-lo depois do primeiro mês. Blake deixou o photocard de lado e voltou-se para o livro.

A capa de fundo preto destacava uma abundância de linhas vermelhas formando os quadris e a bunda de uma mulher, de onde os órgãos esticavam-se para fora até se tornarem plantas. Como se o corpo fosse, ao mesmo tempo, vaso e adubo. Em letras brancas, lia-se o título: *A vegetariana,* da sul-coreana Han Kang. Ana sugeriu que ela traçasse o perfil do poeta da mesma forma que a vegetariana é retratada.

— A personagem aparece pelos olhos dos outros — Ana explicou, secando as lágrimas da namorada. — A gente tem acesso à perspectiva do marido, do cunhado e da irmã, mas a vegetariana não tem voz direta. Mesmo assim, ela é o centro da história, assim como o poeta é na sua.

Blake recolheu as taças. Na cozinha, a pia transbordava. Restos de arroz arbório flutuavam na panela de risoto. Por um momento, considerou lavá-la, mas, sem paciência, encaixou as taças entre a louça suja e desenterrou sua xícara daquela bagunça. Preparou o chá e acomodou-se na poltrona do escritório para ler *A vegetariana*. Daegu não tardou a aparecer ronronando. Duas horas depois, já na terceira xícara de chá, sentiu vontade de fumar. Ana era contra qualquer tipo de cigarro na casa. Odiava o cheiro e mencionava a palavra "câncer" toda vez. Cansada das brigas, Blake desistiu do hábito que, em verdade, mantinha por puro apelo estético. Mesmo assim, havia um maço de Lucky Strike mentolado no fundo da última gaveta.

Blake fechou a porta do escritório com cuidado e abriu as persianas. Cobriu os ombros com a manta ao sentir a brisa fria da alvorada. Não havia uma única nuvem no céu e, da padaria na esquina, vinha o cheiro de pão assando. Um carro cinza espalhou a água de uma poça. Blake apoiou o rosto no parapeito, sentindo a ardência na ponta do nariz. Talvez reestruturasse o roteiro. Qual o mal em expandir a experiência da personagem com interações fora do espectro interior? Nenhum. Talvez ampliasse os dramas de Camila. Apesar do que Wagner disse, ela tinha problemas reais. Agradeceria a Ana pela observação. Ela estava certa: se Camila interagisse com personagens próximas ao poeta, conseguiria retratá-lo sem romper a reclusão. O filme ganharia dinamismo. Nesse estado de espírito, Blake acendeu um cigarro, segurando-o do lado de fora. Não tragou uma única vez. Apenas o viu queimar, admirando o movimento da fumaça subindo em espiral contra a cidade que acordava.

Oscar falava ao telefone quando Blake entrou no escritório da Pampa Produções. Ele levantou o indicador, pedindo um minuto, e girou na cadeira. Blake sentou, observando o topo da cabeça dele. O cabelo rareava no meio.

— O Gustavo vai fazer isso até amanhã — ele falou ao telefone, murmurando vários "hãs" em seguida. Pelo jeito, discutia com a mãe sobre a campanha de algum deputado. — Liga para ele, por favor? Eu tenho uma reunião agora.

Desligou o celular e virou-se para Blake, um brilho sádico nos olhos. Perguntou como tinha sido a primeira reunião com Wagner. Era óbvio que esperava as reclamações e ameaças das outras consultorias. Ela respirou fundo e deixou o silêncio se estender. Falou só quando o desconforto beirou o insuportável, relatando a conversa com um nível cansativo de detalhes. O sorriso de Oscar desapareceu.

— É uma boa ideia acrescentar mais personagens — ele disse, enchendo um copo de água no bebedouro. Com isso, é claro, precisariam de mais tempo para reescrever o roteiro.

E então comentou, com o olhar perdido: — Vou pedir prorrogação do prazo.

Blake ignorou a preocupação. Explicou o que leu em *A vegetariana,* sugerindo trajetória semelhante para Camila. O perfil da nova personagem delineara-se na sua cabeça conforme lia o segundo capítulo do romance. Ricardo, o neto do poeta recluso, seria um artista plástico como o cunhado da vegetariana. Oscar assentiu.

— O que Wagner achou?

— Não conversei com ele.

— É melhor conversar.

Oscar sugeriu que Blake desenvolvesse uma escaleta antes de se atirar na escrita do novo tratamento. Assim, Wagner lapidaria a trama sem desperdiçar mais tempo que o necessário.

— Você escreve isso em uma semana?

Blake mordeu os lábios, mas fez que sim. Oscar então pegou um envelope tamanho ofício do organizador ao lado do notebook e perguntou se Blake veria Gustavo mais tarde. Quando ela disse que sim, entregou-lhe o envelope. Havia um carimbo vermelho com a palavra "urgente" no verso. Oscar pediu que ela lembrasse a Gustavo que aquela demanda tinha um prazo apertado e ele queria um rascunho naquela tarde.

— Como está a Ana? — ele perguntou, mais por hábito do que por interesse.

— Bem.

Combinaram outra reunião na semana seguinte. Blake assentiu. Enquanto esperava o Uber, recebeu um áudio de Ana. Ela queria comemorar seu possível furo de reportagem com o caso Vargas.

— A gente comemora amanhã. — Blake falou com a boca perto do celular para gravar a mensagem de áudio. — Eu vou dormir na casa do Gustavo, lembra?

Encerrou a mensagem com um "te amo" distraído e entrou no corsa vermelho parado no meio-fio com o pisca alerta ligado.

Blake ouviu os gritos do hall do corredor. Esperou um momento, então apertou a campainha. Os gritos silenciaram. Passos, o trinco da porta girando e lá estava ele: camiseta salmão, calça Vans e pés descalços. Ao cumprimentarem-se com um beijo, Blake sentiu o cheiro da maconha.

Gustavo morava em um condomínio de prédios no Menino Deus, bairro nobre de Porto Alegre. Às vezes, trabalhava numa baia da Pampa Produções, mas na maior parte dos dias ficava em casa. O home office começou para que ele finalizasse o TCC sobre o impacto das redes sociais em campanhas políticas e continuou com a pandemia. Blake sentou no sofá em L de frente para a lareira, largando o envelope na mesa de centro.

— Seus pais estão em casa?

— No Fórum.

Gustavo deu play num jogo de tiros e inalou o vape com termômetro digital. Recolocou os fones de ouvido. Explicou que o clímax da partida terminaria em poucos minutos. Blake presumiu que fosse *Counter-strike*, mas não tinha certeza. Ele prendeu a respiração, exalando a fumaça quando gritou no microfone em frente à boca.

— Você não tem uma emergência no trabalho? — Blake perguntou, apontando o envelope. — O Oscar disse que precisa dessas coisas para hoje.

Gustavo riu, passando a ponta da língua pelo lábio inferior. Blake achava impressionante como os lábios estavam sempre úmidos, não importava a circunstância. A pinta no canto direito da boca, mais o incisivo lascado, visível apenas quando ele sorria daquele jeito, emprestavam-lhe um charme difícil de resistir.

— Eu e o Oscar discordamos sobre o que é uma emergência.

Mais um momento passou sem que ele descolasse os olhos da tela. Blake massageou as têmporas.

— Vou deitar no seu quarto.

Ela jogou-se na cama feita, desabotoando o colete vinho e afrouxando a gravata. Livrou-se dos oxfords e suspirou. A cabeça doía. O quarto de Gustavo tinha pouca mobília e o bom gosto neutro de um arquiteto, com apenas livros e colecionáveis dando um ar de pessoalidade ao ambiente. Isso e os eletrônicos. Blake procurou dipirona nas gavetas da escrivaninha, percebendo que não havia poeira em nenhuma superfície. Era óbvio que alguém limpava tudo com frequência.

Pegou um livro na prateleira e folheou, sentindo o cheiro de novo. Um pedaço de papel caiu no chão. Resgatando-o, reconheceu a polaroide na qual ela e Gustavo sorriam embaixo da mesma toalha, ambos molhados e só com as roupas de baixo. Blake afundou no edredom, maravilhada por encontrar aquela foto. Pensou que nunca a veria e lá estava: o registro do dia em que se conheceram.

A virada de 2019 para 2020 foi a primeira vez que Blake não subiu a serra com a família. Em vez disso, ela celebrou o jantar tradicional de réveillon na casa da avó paterna de Ana.

— Imagina um bebê que nasceu chorando e só fechou a boca um ano depois.

A avó de Ana tinha mãos firmes e cabeça enrolada num turbante verde-esmeralda. Falava alto sobre seu assunto favorito: a neta. Ana fora um bebê rechonchudo e arredio. Não ia com ninguém a não ser a avó. Dona Lourdes sabia que Ana era gay desde criança.

— Como é que eu não ia saber? — ela disse, oferecendo mais um pedaço de pudim para Blake. Ela aceitou. — Vó sabe de tudo.

Depois da queima de fogos, voltaram para a Cidade Baixa, onde uma grande festa de rua acontecia. Blake sentia-se revigorada. Os Trindade eram uma família grande, barulhenta e calorosa de um jeito que ela desconhecia. Sentiu uma pontada de inveja ao descobrir como reagiram à sexualidade de Ana. Diferente da própria mãe, que, ao saber da sua, recomendou que ela guardasse a vida pessoal para si.

— Discrição é tudo, Bruna.

Blake imaginou que a outra parte da família de Ana, os Capelli, assemelhavam-se à sua. Eles nunca passavam o Natal com os Trindade. Ana jamais se referia a Oscar como primo ou a Wagner como tio. Eram parentes que ela conhecia desde criança. Só.

Em sua família também havia esse tipo de cisão. Quando Blake assumiu o namoro com Roberta, só os tios ficaram do seu lado. Bete e Marcos, ambos nos seus cinquenta e poucos anos, consideravam-se progressistas. Não tiveram filhos, argumentando que preferiam viajar o mundo a limpar vômito de criança. A sobrinha, então, ganhou o status de favorita.

A caminho da festa, Ana olhava as ruas com a bochecha colada na janela do Uber, a respiração embaçando o vidro. Nunca estivera tão bela. O vestido de crochê branco não cairia tão bem em ninguém mais. Blake sentiu-se a pessoa mais sortuda do mundo. Estava para segurar a mão da namorada quando toda a felicidade esvaiu-se ao ouvir o bipe do celular. Ana pegou o aparelho com avidez.

— A Manuela já está lá — Ana disse. Seu sorriso denunciou tudo. — Na esquina da Lima e Silva com a Venâncio.

Blake virou o rosto. Recusava-se a dizer qualquer coisa destoante das concepções de amor livre que ambas prezavam, ainda mais agora que essa Manuela partiria para Portugal por tempo indeterminado. O ciúme passaria. Nesse meio-tempo, o relacionamento não monogâmico continuava como um dos seus orgulhos. Ana digitou no celular com uma euforia incontida e Blake ficou em silêncio até chegarem no ponto em que a Lima e Silva fora interditada para passagem de carros. Andaram até o grupo de amigos e, daí em diante, Ana voltou toda a sua atenção para aquela garota que escondia a arrogância por baixo de roupas largas. Blake bebeu. Bebeu muito. O isopor no centro da roda estava sempre cheio de vodka barata e Velho Barreiro, com um novo membro da patota aparecendo a cada momento com uma fofoca e garrafa. Um amigo da faculdade vomitava em um dos banheiros químicos quando Ana e Manuela foram embora. Ana despediu-se com um sorriso coquete.

— Te vejo ano que vem!

Blake deixou-se envolver pela noite. Quando alguém sugeriu de irem para outro lugar, ela logo ofereceu a casa dos tios. Bete e Marcos viajaram para Amsterdam depois do Natal, deixando a casa na zona sul de Porto Alegre à disposição da sobrinha. O amigo de um amigo ofereceu carona, dizendo que o carro estava estacionado a quatro quadras dali. Era Gustavo.

— Eu sou redator na Pampas... era para ser só nas campanhas políticas, mas eu meio que faço um pouco de tudo — ele explicou enquanto caminhavam em direção ao carro. — Eu já te vi lá, mas acho que você não me viu.

— Eu vi.

Espremeram dez pessoas no Chrysler Voyager do pai de Gustavo e partiram. Pouco depois, chegaram à fachada suntuosa de pedra numa esquina em frente ao Guaíba. O grupo dispersou-se pelo jardim de estilo europeu e dois pularam direto na piscina de borda infinita. Blake pegou uma garrafa de Veuve Clicquot que achou escondida na adega da cozinha interna e sentou no telhado da casa, onde a tia cultivava uma horta suspensa e a vista do lago vinha acompanhada de uma brisa.

— Aquela era a sua namorada? — perguntou uma voz grave. — Aquela que foi embora com a mina de Portugal?

Blake virou-se. Gustavo sentou ao seu lado, agindo como se os dois fossem amigos íntimos e não estranhos que se viam ocasionalmente no trabalho. O colarinho aberto da camisa salmão tremia ao vento. Ele pegou a garrafa e, sem pedir, tomou um gole. Blake disse que sim, Ana era sua namorada. Ele devolveu a garrafa, limpando a umidade dos lábios com as costas da mão.

— Por que ela foi embora com a mina de Portugal?

Blake bebeu direto do gargalo.

— Nosso namoro é livre das concepções burguesas de posse.

Gustavo riu com gosto, jogando a cabeça para trás. Quando ele parou, Blake reparou nos olhos: verdes com um formato oval puxado nas pontas, como os de um gato. Ela perguntou qual era a graça.

— Essa garrafa que você está bebendo no bico custa no mínimo quatrocentos reais.

Foi a vez de Blake rir. A noite, que Blake por pouco não decretou um fracasso, mudou de figura. Da conversa no telhado, pularam na piscina. Embaixo da cascata, beijaram-se pela primeira vez. Viram o sol nascer da orla. Uma amiga de Blake, a mesma que convidou a ela e Ana para a festa na Cidade Baixa, tirou fotos. Blake sempre se perguntou o que teria acontecido com aquelas polaroides.

Blake ouviu o chuveiro no outro cômodo. Continuou folheando o livro e só parou quando a porta abriu. Gustavo entrou com a toalha enrolada na cintura e o vape pendurado no canto da boca. Blake marcou a página com a polaroide e largou o livro na mesa de cabeceira. Gustavo sentou na beira da cama, inalando com força por oito segundos e jogando a cabeça para trás.
— Quer?
Blake apoiou o cotovelo nos travesseiros para erguer o corpo.
— Dor de cabeça.
Gustavo tragou mais uma vez.
— Isso é bom para dor de cabeça.
— Seus pais não vão sentir o cheiro?
— Não dá para sentir o cheiro com o vape.
Blake pegou o aparelho que mais parecia um pen drive.
— Dá para sentir na sua boca.
— Você é a única que enfia a língua na minha boca.
Blake tragou, sentindo a superfície gelada nos lábios. Repetiu a operação três vezes e relaxou em cima das cobertas. Gustavo levantou e foi em direção à escrivaninha. A toalha frouxa na cintura caiu aos seus pés. Uma música suave saiu da caixa de som. Ele apoiou as mãos na cama, deixando gotas de água escorrerem pelo tórax e caírem em Blake.
— Sabe o que mais é bom para dor de cabeça?
Ela sorriu.

Blake não escreveu uma única linha do roteiro naquela semana, mas suas mãos doíam de tanto rascunhar a nova escaleta. Quadros, esquemas, questionários de personalidade para as personagens e post-its descrevendo a sequência de eventos. Ricardo ganhou forma. Como irmão caçula do poeta, seria o principal entrevistado de Camila. A trama fluiu. Blake imaginava Ricardo parecido com Wagner, talvez um pouco mais velho, com certeza mais gentil.

— Se você fosse um diretor de 56 anos, você preferiria vencer um debate mesmo que as outras pessoas ficassem aborrecidas ou... — Blake virou a folha de um livro sobre construção de personagem — você protegeria os sentimentos dos outros, mesmo que perdesse o debate?

Henrique, o funcionário em treinamento do Café Majestic, ergueu a cabeça da máquina de expresso. Segurava o porta--filtro, procurando o vão onde deveria encaixá-lo.

— O quê?

Blake repetiu a pergunta. Ele apenas a encarou, botando a mão na cintura e fingindo pensar.

— Pelo que você me contou desse Wagner, acho que ele não perderia um debate nem sob pena de morte.

— Não estou falando do Wagner! — Ela mostrou o caderno com as anotações feitas em grafite. — Estou falando do Ricardo, o irmão do poeta.

— Sei.

Ele voltou-se para a máquina de expresso. Não era a primeira vez que aludia ao crush que Blake desenvolvia por Wagner, coisa que ela demonstrava através da relação entre Camila e Ricardo. Blake rebateu com um palavrão. No meio da tarde, não havia ninguém além dos dois no Majestic. Receberam apenas dois pedidos para entrega: um cappuccino com uma cesta de minipães de queijo e uma caixa de oito rosquinhas com expressos. Henrique empacotou as rosquinhas, mas lutava com a máquina. Ouviram o som da moto. O entregador entrou com a mochila vermelha nas costas.

— Você vai me ajudar ou não? — Henrique sussurrou, nervoso com a presença do estranho. — Isso aqui não encaixa!

Os dois ajeitaram as máscaras e toucas. Mesmo no Majestic, Blake fazia questão da camisa social, colete e gravata. O entregador franziu a sobrancelha ao notar a vestimenta, mas então recitou o número do pedido. Henrique entregou a caixa e pediu um momento para terminarem o café. O entregador acomodou-se numa das mesas.

Blake pegou o porta-filtro da mão de Henrique, moendo os grãos de café para em seguida despejar duas medidas. Encaixou-o na máquina preaquecida e apertou o botão. Preparou dois expressos por vez. Henrique lacrou os copos para viagem. O entregador recebeu o pedido com um obrigado e Blake voltou aos seus cadernos.

— Você acha que o Ricardo seria de virgem ou de capricórnio?

3

— Dona Santanella, desculpa interromper a sua leitura...

Henrique fala com um olhar apologético. Baixo o iPad e presto atenção em suas palavras. Meu pedido, um croissant de presunto e queijo, vai demorar quarenta minutos. A fornada anterior acabou. Ele pergunta se eu quero cancelar, esperar ou pedir outra coisa. Digo que espero.

— A senhora quer que eu traga o cappuccino agora ou depois?

Penso por um momento.

— Agora.

— Perfeito.

Deixo o iPad de lado. A chuva transformou-se num temporal. Rajadas de vento atingem o túnel de tipuanas com força. Ele pode ceder por cima dos carros? Imagino o desastre. Uma mulher com um casaco impermeável passa pela primeira janela. Quando chega na segunda, uma Toyota com a bandeira do Brasil na capota encharca a moça com a água do bueiro. Ela para, segurando uma mochila em cima da cabeça. Uma sapatilha de ballet cai do bolso lateral. Neste momento, um estrondo é seguido por uma queda de energia. Os abajures piscam, mas a luz logo volta.

— Cappuccino da casa — diz Henrique, um olho na bebida e o outro no temporal. — Que tempo, hein?

— Pois é.

Ele observa a rua. A mulher encharcada desapareceu.

Ele torce para que a energia não caia de vez. O casal da mesa cinco ergue a mão. Henrique vai até eles. Tomo um gole do cappuccino, aproveitando para descansar os olhos. Diminuo o brilho do iPad. Pisco. O nome de Wagner salta da página. Ainda me impressiono com o fascínio que ele exerce sobre as pessoas, inclusive Blake. É verdade, não causa uma boa primeira impressão, mas isso logo passa e é substituído por uma necessidade incontrolável de ganhar sua estima. Comigo não foi diferente. Também começou com uma briga.

Porto Alegre, 1993

Para os meus treze anos, os quarenta de mamãe eram o último suspiro antes da morte. Ela era um ser amargo que demandava nada menos do que a perfeição. Ex-bailarina que agora dava aulas de dança num estúdio particular, andava ereta e sempre elegante com um pescoço de cisne. Aos seus olhos, eu era gorda, desleixada, preguiçosa e temperamental. A cria imperfeita. Se eu usava um vestido, ela repreendia meus joelhos ralados. Se eu vestia o de sempre — camiseta e bermuda jeans —, parecia um menino. As brigas ficaram piores depois da morte do meu pai, intensificaram-se com o uísque e tornaram-se ainda mais frequentes com o noivado. Eu nunca chorava. Aquele domingo à tarde foi uma exceção.

Começou com o farfalhar do vestido.

Minha mãe arrumou-se com esmero para a estreia de Wagner no teatro municipal. Usava um vestido azul muito apertado no busto. Seus seios pareciam a ponto de explodir para fora do tafetá. Os lábios vermelhos brilhavam e o rosto encovado ganhava ainda mais definição com os cachos endurecidos por laquê. Caminhava devagar da extremidade do corredor até a porta do banheiro da nossa casa na época, a mesma em que morávamos quando papai era vivo. Um observador externo pensaria que os passos regrados tinham o objetivo de ressaltar o movimento dos quadris. Eu sabia a verdadeira razão: estava bêbada e cuidava para não tropeçar nos saltos.

— Ainda não está pronta? — ela perguntou.

Eu segurava a pálpebra para aplicar rímel nos cílios. Pela importância que mamãe dera à ocasião, seu noivo interpretando Otelo na frente do governador, fiz um esforço. A maquiagem, mesmo desengonçada, não estava trágica. Passei blush e delineador. O rímel era o toque final.

— Quase.

Estiquei-me para enquadrar o rosto no espelho acima da pia. Mamãe ficou em silêncio. Eu sabia que analisava minha aparência. Ela não bebia naquele momento, mas quando relembro o episódio imagino o copo entre as unhas pintadas de vermelho.

— Você tem peitos agora, Paula. — Ela apontou para os dois brotos que despontavam do vestido de algodão. Se eu não pusesse um sutiã, ela disse, eu não iria. — Está parecendo uma ameixa podre desse jeito.

Segurei o rímel no ar, o corpo paralisado na ponta dos pés. Quando o calcanhar tocou o piso frio, mamãe caminhava até as escadas como se não tivesse dito nada de mais. Tocou no corrimão como uma rainha e desceu os degraus como a dona da verdade. Meu corpo foi de gélido a fervendo em questão de segundos. Primeiro, joguei o rímel na pia. Depois, arranquei o vestido e atirei pelo balaústre, assistindo o tecido branco cair no chão do primeiro andar. Mamãe ergueu a cabeça com a expressão inalterada. Encaramo-nos. Ela sentia tanto ódio de mim quanto eu sentia dela. Bati a porta do quarto com todas as minhas forças. Chorei até dormir, só de calcinha.

No dia seguinte, acordei com uma batida na porta. Pelo ângulo do sol na persiana, sabia que era cedo. Pensei que fosse vovó. Na noite anterior, ela gritou com minha mãe antes de saírem para o teatro.

— Posso entrar?

Wagner abriu uma fresta. Vi a ponta de seus dedos segurando a madeira pintada de branco. Deitada de bruços, os olhos pesados de sono, só me dei conta da minha nudez quando ele entrou. Não mancava na época. Sentou na beirada da cama com um livro em mãos. Fiquei como estava, olhando-o com metade do rosto enterrado no travesseiro. Ele tamborilou os dedos na capa dura. Por um bom tempo, não falou. Depois, disse que sabia o que aconteceu.

— Se você der uma chance, vai gostar — Wagner falou, empurrando a edição em quadrinhos de *Otelo* na minha direção. Apoiei-me nos cotovelos. — É uma história excepcional.

Minha mãe justificou minha ausência na peça por preguiça intelectual. Não usou essas palavras, é claro, mas foi assim que Wagner descreveu o episódio mais tarde. Ela dizia que eu era apática. Não me interessava por nada além de esportes e música que, segundo ela, não era música de verdade. Provavelmente era machorra. Essas, sim, foram palavras dela.

— É sobre o quê?

Wagner cruzou as pernas e resumiu a trama.

— Não existe nada melhor do que ler — ele disse. Então, com um entusiasmo contagiante, acrescentou: — Exceto escrever.

Wagner acariciou minhas costas. Durou uma questão de segundos. Talvez "acariciou" não seja a melhor palavra. Foi mais como encostar a ponta dos dedos na minha pele nua, algo como um incentivo, um carinho tímido, um movimento que dissesse que sim, ele acreditava no meu potencial. Os pelos do braço arrepiaram. Virei para que ele não visse. Wagner saiu com um sorriso no rosto. Li o livro naquela tarde e, para minha surpresa, gostei.

Polaroides

Quando Blake chegou em casa, Ana assistia ao Wagner da década de 1990, aquele com os cabelos grisalhos e princípio de calvície, na tela do computador.
— O que você está assistindo?
Blake sentou na poltrona ao lado da escrivaninha, apreensiva ao ver aquele Wagner mais jovem na tela da namorada. Ainda não contara sobre a consultoria que, pelo jeito, transformava-se num projeto de coautoria. Ana pausou o vídeo e tirou o fone esquerdo do ouvido. Daegu observava do parapeito da janela.
— Uma entrevista — ela disse, acariciando as orelhas da gata. Ana transcrevia o diálogo. — É a única da década de noventa em que ele fala sobre os processos.
Blake perguntou-se até onde iria a fixação de Ana com o tio. Tinha um furo mesmo ou era só obsessão? Uma vendeta, quem sabe? Blake precisava prestar mais atenção. Ana explicou que o caso Vargas continuava parado, mas paciência. Ela sentia que ali tinha coisa. Se tivesse que persistir por meses, persistiria. Faria outra entrevista em breve.
— Com o seu tio? — Blake perguntou, fechando os punhos em volta do tecido da calça.
— Argh, claro que não.
Daegu esticou as patas dianteiras e fechou os olhos. Bocejou. Ana digitou uma frase no arquivo aberto.
— Deixa eu assistir.

Ana olhou Blake por um momento, estranhando aquele interesse súbito. Abriu a boca para dizer algo, mas no fim apertou o play. Wagner usava óculos grossos e encarava o entrevistador com o semblante sério. As mãos descansavam sobre as pernas cruzadas. O entrevistador pediu permissão para tocar no assunto das acusações de estupro estatutário. Wagner foi categórico. Não havia assunto que ele não pudesse mencionar. Sua vida era um livro aberto.

— Como você responde?

— São acusações absurdas.

Wagner então listou o número de peças e filmes em que havia atuado, por vezes dirigido, até o momento: nove peças e quatro filmes, além de três novelas. A mais recente, *Anita & Giuseppe*, era sucesso absoluto de audiência.

— Em todos esses trabalhos, nunca, nenhuma vez, alguma atriz me acusou de qualquer tipo de comportamento inapropriado — ele disse, passando a mão pelo queixo como se tivesse alguma barba. Não tinha. Citou mais nomes de prestígio, artistas conhecidos do público e respeitados pela crítica. — São meus amigos até hoje. Qualquer pessoa que me conhece sabe o quanto essas acusações são ridículas.

O assuntou migrou para o casamento.

— Eu nunca fui casado com a Izabel — Wagner falou. Nisso, ele descruzou as pernas e cruzou novamente do lado oposto. — Nós tivemos, sim, um relacionamento sério, mas nunca fomos casados. Eu nunca morei na mesma casa que os filhos dela, nunca tive essa relação de pai e filha com a Paula. O que aconteceu pode ser considerado dúbio ou até errado. São julgamentos morais. Não há nada de ilegal. Eu não me importo se as pessoas nunca mais assistirem aos meus trabalhos. Eu fiz a minha escolha e, para mim, o amor sempre vai ser a escolha certa.

A plateia emitiu um som como se as palavras de Wagner tivessem reverberado em cada um. Wagner sorriu, acenando para o público invisível no vídeo. A câmera focou em seu rosto. Expressão sincera. Genuína. O vídeo parou. Ana pediu a opinião de Blake. Ela deu de ombros. O que poderia dizer? Não conhecia o caso a fundo. Ana franziu as sobrancelhas, botou os fones e digitou mais frases.

Blake observou a namorada por um tempo. Enrolada numa manta e com duas meias em cada pé, Ana transcrevia as falas de Wagner com pequenos comentários na margem do arquivo. Concentrava-se na tarefa com tanta intensidade que a testa enrugava numa careta. Blake levantou sem falar nada. Sentou na escrivaninha do quarto, onde o seu computador descansava ao lado de um painel cheio de post-its coloridos. Este era o arranjo: se Ana precisava do escritório, Blake retirava-se para a escrivaninha no vão entre a parede e o roupeiro do quarto. Blake abriu o arquivo da escaleta e releu as doze páginas. Melhor do que esperava.

— É isso — murmurou para si mesma.

Anexou o arquivo em um e-mail. Antes de digitar o nome de Wagner, certificou-se de que Ana não estava atrás dela. Encaminhou o e-mail para ele e Oscar. Espreguiçou-se na cadeira, sentindo uma euforia repentina. Sim, era só domingo, mas depois de dias confinada entre o Café Majestic e sua casa, sem ver ninguém além de Ana, Henrique e Daegu, queria uma festa. Sabia que bares estavam fora do reino da possibilidade, mas quem sabe a casa de algum amigo? Merecia depois de todo aquele trabalho duro. O que Gustavo estaria fazendo? Escrevia uma mensagem para ele quando Ana apareceu na soleira da porta.

— Quer ir num aniversário?

* * *

O celular tocou três vezes antes de atenderem, mas não era Gustavo. Blake encostou na parede do hall do elevador e sentiu o corpo escorregar até o chão. Ela não conseguia mais enxergar a tela do aparelho. Tudo girava. Para quem tinha ligado? Desligou e tentou mais uma vez.

— Amor? — Gustavo disse. Dessa vez, era ele. Quando Blake pôs o celular no viva-voz? — Alô? Tem alguém aí, alô?

Blake estava diante do apartamento dele, mas não tocou a campainha por medo de acordar os sogros. Sentiu o vômito na garganta quando murmurou que estava na porta e, momentos depois, Gustavo apareceu de pijama. Blake mal distinguiu suas feições, mas era bonito. Disso, ela tinha certeza.

— O que aconteceu?

Ele puxou Blake para cima.

— Eu e a Ana... — Blake disse, tropeçando no capacho.

— Eu e ela, a gente...

— Vocês o quê?

Blake prendeu o vômito na boca com uma careta. Correu até o lavabo, onde pôs tudo para fora. Gustavo segurou o cabelo da namorada e acariciou suas costas. Blake chorou. Foi aí que uma luz do corredor invadiu o banheiro.

— O que aconteceu com ela?

Era a mãe de Gustavo. Blake reconheceu os pés de Ângela na soleira da porta. Eram pés elegantes: manicure à francesinha, solas lixadas e pele reluzindo da hidratação. Blake captou trechos da conversa sobre intoxicação alimentar. Sushi estragado, briga com uma amiga, aquela coisa. Uma mentira óbvia. Blake exalava o odor inconfundível de tequila. Ângela não disse nada. Deixou pantoprazol e dipirona na mesa da cozinha e voltou para o quarto.

Deitada na cama de Gustavo, banho tomado e camiseta limpa, Blake contou a briga até a parte que lembrava. Começou quando Ana sugeriu uma festa de aniversário. Saturada do trabalho intenso, Blake não hesitou em aceitar, achando que a sugestão de Ana vinha ao encontro de suas necessidades. Não escondeu a surpresa quando desceram no condomínio de Gustavo.

— Você vai mandar mensagem para ele?

A pergunta veio acompanhada de sobrancelhas franzidas e cabeça inclinada. O desdém de Ana pelo namorado da namorada era evidente.

— Não.

A verdade é que Blake digitava a mensagem no momento da pergunta. Porém, considerando quão pouco vira Ana nos últimos dias, mudou de ideia e guardou o celular no bolso. Sentia saudades dela também, e foi bom quando caminharam de mãos dadas até o salão de festas.

O aniversário era de uma garota chamada Mariel. Aniversário de dezoito anos. Blake não a conhecia e nunca ouviu a namorada mencionar o nome da jovem que abraçou com carinho antes de entregar o presente que trouxe numa ecobag preta: soju sabor morango e um photocard de um cantor de k-pop que Blake não reconheceu. Logo passaram a falar sobre música, mencionando nomes e termos que ninguém além delas entendia. Mariel virou-se para Blake:

— Você também gosta de BTS?

Os olhos brilhavam de expectativa. Mariel tinha o sorriso imaculado dos sonhos não corrompidos, aquele sorriso onde a metamorfose do desejo em algo concreto é apenas uma questão de tempo. Para ela, tudo era possível. Blake lembrou-se de que os sete anos de diferença entre elas não eram tanto assim. Seus sonhos também eram possíveis, embora mais burocráticos. Olhando por esse ângulo, no entanto, sete anos parecia muito.

— Ela não gosta — Ana respondeu por Blake.

O sorriso de Mariel não desvaneceu. Analisando Blake de cima a baixo, balançou a cabeça concordando, como se aquilo fosse tão óbvio que a pergunta soava estúpida. Ana retomou a conversa.

Blake olhou em volta. Garrafas de tequila, vodca, uísque, todo tipo de cerveja, saquês, refrigerantes e sojus abarrotavam a bancada do salão de festas. Não havia vinho, que teria sido a escolha óbvia, então ela acabou virando uma dose de tequila, logo acompanhada por um Johnnie Walker on the rocks. Depois mais outro e, então, um terceiro. Blake gostava do barulho que o gelo fazia no copo elegante e trabalhado.

Por que Ana não parava de falar com Mariel?

O problema não era só a idade. Mariel, além de jovem, era bonita. Bonita demais, do tipo de beleza que editoriais de moda associavam à brasilidade: cabelo muito preto, pele dourada, marca de biquíni, sobrancelhas fartas, lábios grossos, silhueta curvilínea. O cabelo trançado como o de uma princesa medieval complementava o vestido primaveril. Ombros à mostra. Nos pés, tênis branco e tornozeleira de fios de palha com miçangas coloridas. Blake distinguiu o nome nas miçangas: Jungkook.

Blake não aguentava mais o ar parado e resolveu sair do salão. Sentou num dos bancos ao ar livre, esfregando as mãos contra o frio. E Mariel com os ombros de fora! Blake jogou a cabeça para trás, sentindo tudo girar. Ligaria para Gustavo. Dormiria com ele e não com Ana. Não depois daquele teatro todo. Derrubou o celular no chão e, antes de digitar o nome, chegou uma mensagem de Oscar marcando uma reunião na manhã seguinte. Wagner estaria na Pampa Produções para resolver o casting de outro projeto. Se ela aparecesse, discutiriam a nova escaleta. Era só o que faltava, Blake pensou. Respondeu um "ok" com tanta força que derrubou o aparelho mais uma vez. A tela trincou na lateral esquerda.

— Por que você está aqui sozinha? — Ana andava com a fenda do vestido balançando entre as pernas nuas. Era como se ela, também, não sentisse frio. — Para quem você está ligando?

— Para o Gustavo — Blake disse, cerrando um pouco os olhos para enxergar a tela. Onde estava o ícone dos contatos?

— Para ele me buscar.

Ana parou com as mãos abertas.

— Por quê?

— Você sabe.

— Eu quero ouvir.

Foi aí que a briga começou. Blake não foi gentil, embora suas palavras exatas tenham desaparecido da memória. Quando deu por si, estava caída no hall do corredor.

O pior de tudo, Blake resmungou, era a reunião no dia seguinte. De ressaca, teria que encarar Wagner e Oscar. A respiração de Gustavo pesou ao seu lado.

— Sabe o que eu não entendo?

Ele acariciou a testa úmida de Blake. Apenas as luzes dos eletrônicos iluminavam o quarto. Blake recontou a história de olhos fechados, aos poucos sentindo a dor de cabeça ceder ao sono. Não via Gustavo, mas sentia o corpo dele contra o seu.

— Hum?

— Eu não entendo por que você continua num relacionamento aberto quando sente tanto ciúme.

Blake abriu os olhos. Já conversaram sobre o assunto algumas vezes e, apesar de não se sentir totalmente feliz com a situação, Gustavo nunca insistia. Ignorava a existência de Ana, e ela fazia o mesmo com ele. Nos raros encontros, forçavam cordialidade. Gostavam da mesma pessoa, afinal, e não queriam magoá-la.

— Você também está num relacionamento aberto.

Gustavo chegou mais perto de Blake, sentindo o cheiro de álcool misturado com o sabonete de alfazema. Os pelos da nuca arrepiaram com a respiração do namorado em seu pescoço.

— Você fica com quem você quiser, mas eu vou ficar só com você.

O sussurro foi seguido por um abraço e, em pouco tempo, dormiram.

4

As luzes caíram por completo e o estrondo de um raio me assustou tanto que derrubei o iPad no chão. O burburinho no Majestic intensificou-se. Um bebê chorou. Pensei em chamar Henrique, mas ele zanzanva pelo café tranquilizando os clientes. Alguém falou com a companhia de energia e deram uma previsão de cinquenta minutos. Algo assim.

— Dona Santanella...

— Pode me chamar de Paula.

— Se a senhora não se importar de comer no escuro — Henrique disse e, por seus movimentos, vi que segurava uma bandeja. — Acabou de sair do forno.

Como Henrique estava de costas para as janelas, única fonte de luz, não pude ver seu rosto. Ele colocou um prato e uma xícara na minha mesa, alertando que o croissant estava quente. Agradeci e disse que teria cuidado. Em vez de sair, Henrique inclinou-se.

— Assim a senhora enxerga sua comida — ele falou, ajustando uma vela branca dentro de um copo de vidro. Pegou um isqueiro do bolso do avental e acendeu o pavio com cuidado.

— Prontinho.

Lá fora, o temporal seguia. Os carros passavam devagar e mal se viam pedestres. O único que se aventurou do lado de fora perdeu o guarda-chuva para o vento. Parti uma das pontas do croissant e levei à boca. De fato, a massa quente fez meus olhos lacrimejarem. Tomei um gole de cappuccino. Antes de engolir o pedaço seguinte, assoprei. Dessa vez, pude sentir o sabor marcante do folheado. Divino.

Tentei checar as mensagens. Sem serviço. Seria possível que o celular de Blake também estivesse sem sinal? Talvez o estrago tenha sido menor no bairro dela. Onde morava agora? Ainda na Cidade Baixa? Voltei ao capítulo do aniversário, achando graça da dinâmica entre Ana e Mariel. Lembrou-me um pouco da minha amiga. Alexandra, no entanto, tinha uma personalidade mais agressiva, como Blake. Depois do nosso desentendimento no handebol, vovó convidou o time inteiro para o meu aniversário de catorze anos.

Porto Alegre, 1994

A festa aconteceu na casa da minha vó, perto de onde os tios de Blake moram. Da música ao vivo à provisão infindável de salgadinhos, parecia uma explosão cor-de-rosa no quintal. Vovó não me obrigou a usar vestido, mas insistiu numa jardineira de saia combinando com a decoração. Não me importei. Com as amigas por perto, havia distrações o suficiente para fingir que nada mais existia. Organizamos um jogo de queimada. Larguei o tênis e as meias embaixo da mesa e corri para o gramado, determinada a vencer.

O embate final foi entre mim e Alexandra, que não se importava com a data e empenhava-se ao máximo, mas eu era uma adversária forte. Quinze minutos passaram-se sem que a bola atingisse nenhuma de nós. Os gritos ficaram mais altos e o jogo, mais rápido. Eu podia ganhar. Sabia que sim.

Foi nesse momento que vi, pelo canto dos olhos, meu irmão chegando com Júlia. Era uma mudança drástica. O cabelo em forma de cuia fora descolorido e as pontas cacheadas. Sem o delineador agressivo, seus olhos tinham um aspecto de desenho animado. As clavículas desnudavam-se num fino vestido florido. Não era mais uma adolescente moleca. Pelo contrário, personificava a aura campestre de uma princesa de conto de fadas. Ou uma modelo, como Wagner disse. Ouvi o grito das minhas colegas e senti a bola rolando entre meus pés. Do outro lado, Alexandra saltitava abraçada por suas melhores amigas. Ela ganhou.

— Eu sei que é seu aniversário... — Alexandra disse, aproximando-se com a bola nas mãos. Respirava com dificuldade.

— Mas...

— Eu prefiro perder a ganhar por cortesia.

— É por isso que eu não tive dó. — Ela jogou a bola. Peguei antes que atingisse minha barriga. — Aquela vez você me derrubou de propósito, Paulada.

— Não foi de propósito.

— Você sabe que foi.

Meu joelho mal tinha vestígios daquela partida acalorada e, em breve, a cicatriz do tamanho de um grão de arroz desapareceria. Joguei a bola para Alexandra. Ela sorriu. Olhava-me de um jeito estranho.

— Paula! — Vovó acenava para mim, apontando para o bolo na mesa. — O parabéns!

Os convidados reuniram-se em volta da mesa enfeitada com papel crepom e cartolina. Meu irmão gravava o parabéns com uma Panasonic em uma das mãos e Júlia pendurada no outro braço. Mamãe e Wagner, um ao lado do outro, aplaudiam sem cantar.

— Faz um pedido, Paula!

Alexandra beliscou meu braço, indicando o bolo, então me inclinei sobre a mesa e assoprei as velas. Enfim, catorze anos. Não lembro do pedido, mas todos os meus desejos desaguavam no mesmo rio: queria meu pai de volta. Como isso não era possível, talvez tenha apagado as velas mentalizando um cachorro. Ou um gato. Vovó cortou o bolo de chocolate coberto com glacê branco e insistiu que comêssemos juntos. Eu, meu irmão, Júlia, Wagner, minha mãe e minha vó sentamos na mesa ao lado da janela da cozinha. A princípio, ninguém falou.

— Onde você comprou essa câmera? — perguntei para o meu irmão.

Não se ouvia o som de mastigação. O bolo macio derretia na boca. Havia um toque de coco ralado no recheio. André olhou de mim para a câmera, levando um momento para processar a pergunta.

— Ah — ele falou, de boca cheia. Cobriu os lábios. — O Wagner me emprestou.

Wagner sorriu para André. Ao ver a interação, mamãe apoiou a mão na coxa do noivo e disse:

— Temos novidades.

Vovó cerrou os olhos, como se já soubesse o que era. E sabia. Mamãe e Wagner morariam juntos. Não só ele, mas todos nós, "como uma família". Não moraríamos na nossa casa de sempre. Mamãe pôs o imóvel à venda.

— Vamos para Buenos Aires.

Não tivemos tempo de reagir. Minha mãe desatou a falar na companhia de ballet onde dançaria. Aos quarenta anos, fora convidada para interpretar papéis menores na companhia desde que desse aulas para crianças durante a semana. Wagner ficaria encarregado de um curso para diretores. Antes que eu pudesse gritar, dizendo que nem sob pena de morte eu iria para Buenos Aires, minha vó ordenou no seu tom mais gélido que a filha fosse conversar com ela na cozinha.

Foi como uma daquelas cenas onde as pessoas fingem que nada aconteceu, mas então tudo explode em câmera lenta ao som de uma música clássica. Os convidados fizeram questão de manter o burburinho da conversa, mas nada abafava os gritos. Júlia levantou para pegar mais bolo. André e eu trocamos olhares. Víamos Wagner parado na soleira da porta, sem fazer ou dizer nada. Embora não enxergasse nem minha vó nem minha mãe, era como se estivéssemos no mesmo cômodo.

— Você não aprende, Izabel? — vovó gritava. Imaginei seu indicador apontado enquanto a outra mão apertava a própria

cintura. Em algum momento, bateria o salto no chão. — Vai cometer o mesmo erro de novo, vai fugir com esse rapazote e voltar com mais uma criança. E o seus filhos, Izabel? E eles?
	Mamãe soltou um grunhido debochado que se transformou em gargalhadas. Desde quando Wagner era rapazote? Era três anos mais novo. Só. Vovó bateu na mesma tecla de sempre, frisando o quanto mamãe era irresponsável e não sabia lidar com homens. Desde a morte de Estevão, uma fila infindável de homens. Quando isso ia parar? Quando seguiriam a vida? Mesmo nas brigas mais feias, não mencionava o álcool. Dessa vez, não aguentou. Foi então que ouvi o som de vidro se estraçalhando contra a parede. Eu e André demos a volta na casa para espiar pela lavanderia. Quem jogou o copo? As mãos de minha mãe sangravam, mas ela não se importou. Os cacos de vidro espalhavam-se por baixo da pia. Vovó estava ao lado deles, os olhos úmidos de lágrimas.
	— A vida é minha — minha mãe disse, seu tom de voz gélido, a postura firme.
	— Você está grávida, Izabel?
	Boquiaberta, minha mãe balançou a cabeça e emitiu grunhidos que não formaram palavras. Depois de um tempo assim, murmurou:
	— Você é inacreditável.
	—Eu? — Vovó desviou dos cacos de vidro e chegou tão perto de mamãe que as duas quase se bateram. — Da última vez, foi exatamente assim. Parece que estou vivendo aquela cena de novo. E não deu outra: você foi morar com Estevão e logo depois o André nasceu. Me diz, Izabel, me diz que você não está grávida.
	Deu para ver mamãe arfando. Ela fechou os olhos e respirou fundo. Ao abri-los, disse:
	— Eu não estou grávida.

Wagner assistia a tudo em silêncio, como se fosse um enfeite na porta. Ou uma gárgula. No dia seguinte, acordei com quatro malas empilhadas na sala. Minha mãe deixou nossas coisas na casa de vovó e partiu sem se despedir.

Polaroides

Quando Blake entrou na sala de reuniões, Wagner exaltava-se ao telefone. Emudeceu ao ver o estado da garota. Então indicou a cadeira e pediu um minuto. Blake sentou. Onde estava Oscar?

— O advogado tem que resolver isso — Wagner disse ao telefone. Esfregou a testa, despenteando as sobrancelhas. — Então eu contratei aquele cara para quê?

Wagner mancou de um lado para o outro, por vezes gesticulando, outras parando no meio da sala e apoiando a mão na cintura. Depois de dois "ótimos", desligou. Sentou-se de frente para Blake e, com os olhos semicerrados, encarou-a por um tempo longo demais. Blake não aguentou.

— O quê?

— Eu é que te pergunto.

A ressaca era evidente. Blake vestia as roupas de sempre, embora a camisa amassada estragasse o visual impecável do terno. A maioria das pessoas não notava esse tipo de coisa. O que elas notavam era o rosto macilento, as olheiras fundas e lábios ressecados.

— Briguei com minha namorada ontem... — ela disse, ponderando se mencionava o aniversário ou não. — Mas enfim.

Foi então que Wagner ficou de fato surpreso.

— Eu achei que você namorasse o Gustavo.

Blake e Gustavo chegaram juntos na Pampa Produções e despediram-se com um beijo. Gustavo foi para sua baia trabalhar na campanha do tal deputado enquanto Blake sentou na sala de reuniões para discutir *Jardim de inverno*. Não era uma dedução absurda. Como Blake não confessaria estar namorando a sobrinha de Wagner, respondeu apenas que era complicado. Ele recostou-se na cadeira e ficou pensativo. Naquele momento, Oscar entrou desculpando-se pelo atraso, sentou em frente ao computador e, antes de qualquer coisa, diminuiu a temperatura do ar. Suava. Não percebeu o desconforto de Blake, só franziu a sobrancelha ao vê-la com uma ressaca tão óbvia, mas logo se concentrou nas suas anotações. O problema de *Jardim de inverno* agora era outro. As coisas aconteciam, mas a trama continuava insossa. Wagner concordou. Ricardo era o elemento que faltava, mas precisava ser lapidado.

— Está solto na história — alegou.

Disso, Wagner elaborou que, apesar da ligação com o poeta, Ricardo não tinha nenhuma conexão real com Camila. Os caminhos dele deveriam entrelaçar-se com os dela. Blake entendeu o que eles queriam. Não. Não permitiria. Deixou que falassem sobre a fina teia que ligava aqueles seres fictícios, até que não aguentou mais:

— Vocês querem transformar *Jardim de inverno* numa comédia romântica?

— Não — Oscar baixou a voz, dirigindo-se a Blake como se ela fosse uma criança. — A gente quer transformar *Jardim de inverno* num filme que as pessoas queiram ver.

— Uma comédia romântica.

— Um drama introspectivo — Wagner interveio com o tom condescendente de sempre. — A introspecção da sua proposta original com elementos românticos no desenvolvimento.

Blake cerrou os dentes. Como era possível insistirem tanto em transformar uma história sobre ambição artística num enredo sobre o desabrochar de um relacionamento? Estava pronta para argumentar quando o celular de Wagner tocou. Ele suspirou ao ver o número, murmurando algum insulto que Blake não entendeu.

— Por que a gente não digere a conversa? Eu tenho um casting para concluir e meu advogado não me deixa em paz.

Ele apertou a mão de Oscar e acenou para Blake e, com isso, saiu mancando. A testa de Blake latejou. Culpava Oscar. Ele insistia em consultorias em vez de começar a produção. Usou *Jardim de inverno* para captar recursos e agora o rejeitava, o mesmo roteiro aprovado pela comissão julgadora, a história que trouxe um milhão para a mesa. Ele tomou as decisões e ela acatou. Por quê? Não era como se ele tivesse algum talento especial. Não diria nem que tinha talento. Experiência não justificava a liderança, pois ele não a tinha. O quê, então? Blake olhou-o com desprezo. Como chegaram a esse ponto? Ele aguardava, mas Blake não reagiu. Deixou a sala de reuniões em completo silêncio, pediu um Uber e foi para a casa dos tios. Depois daquele desastre, não tinha energia para enfrentar Ana também.

5

As luzes voltam.

Levanto para ir ao banheiro, deixo o casaco e minha bolsa na cadeira, mas levo o celular comigo. Henrique acena, como se dissesse para não me preocupar. Ele olha minhas coisas.

Depois de usar um dos boxes, lavo as mãos em uma das três pias, admirando o papel de parede cor de vinho estampado com flores douradas. Noto que a senhora de cabelos brancos ao meu lado lança olhares furtivos através do espelho. Ela disfarça, mas seus olhos logo voltam para mim. Pego um papel-toalha e seco as mãos.

— Com licença, mas a senhora é a Anita Garibaldi da novela?

Assinto e ela se anima. Como ela adorava aquela novela! Assistiu a outras, é claro, mas *aquela*. O Giuseppe Garibaldi era tão distinto. Tão elegante.

— Como era o nome do ator mesmo? — ela pergunta, franzindo o rosto na tentativa de forçar a memória.

Digo o nome, pensando em Wagner Capelli. Ele era diferente na época. Todos nós éramos. O sorriso da senhora alarga-se.

— Vocês faziam um belo casal. Namoraram na vida real também, não foi? Eu me lembro. A senhora ficou tão bem de Anita.

Saio do banheiro e ela me segue. Agradeço. Já tem vinte e três anos que eu fiz esse papel. Ela comenta que reprisaram

Anita & Giuseppe depois do jornal do almoço, garantindo que não perdeu um único capítulo. Pede uma selfie. Digo que sim e, no fundo, ainda me sinto lisonjeada. Então pergunta o que eu tenho feito. Ela, é claro, não me viu em mais nada.

— Filmes — respondo, olhando de relance para a mesa. Minhas coisas ainda estão lá. — Vou dirigir o meu primeiro esse ano.

Ela me parabeniza, mas não esconde a decepção. Sua expressão diz o que já ouvi inúmeras vezes: ninguém em sã consciência larga uma carreira de sucesso em telenovelas para dirigir filmes. Ninguém assiste a filme brasileiro, mas todo mundo ama a novela das oito. Até a das seis.

Despeço-me e volto ao meu lugar, pensando em como as coisas teriam sido diferentes se mamãe não tivesse engravidado em Buenos Aires. Ela e Wagner não teriam voltado. E se o bebê tivesse nascido? Ter uma irmã caçula, filha biológica de Wagner, mudaria o curso dos eventos? Deixo minha mente concatenar realidades alternativas, até porque o que de fato aconteceu naquela noite de 15 de julho de 1994 é um borrão na memória.

Porto Alegre, 1994

Tudo o que sei sobre esse dia foi contado por minha vó. André não se lembra de muita coisa e tem pavor de hospital até hoje. Se ouve alguém gritando, a cor se esvai do rosto e os lábios ficam roxos. Em pouco tempo, ele desmaia.

Depois da partida de mamãe para Buenos Aires, vovó concordou em transformar seu quarto de infância. Tinta verde-musgo substituiu o papel de parede floral e a casa de bonecas abriu espaço para a cesta acolchoada de Pongo. Ele, no entanto, dormia aos pés da minha cama, encostado na bolsa de água quente embaixo das cobertas. O dálmata foi um presente atrasado de aniversário. Em verdade, algo para amenizar o abandono.

Ouvia-se apenas o estalar do aquecedor a óleo naquela sexta-feira. Eu, na verdade, não ouvia nada. Dormia profundamente. Quando vovó gritou, Pongo pulou da cama, latindo e arranhando a porta. Acordei assustada, mas não ousei levantar. Observei pela fresta da porta as luzes da casa acenderem. Pongo corria de um lado para o outro.

Então, a porta abriu.

Vovó falou rápido, quase chorando. Segurou meus braços e disse que tudo ficaria bem. O que tinha de ficar bem eu não sabia. Não entendi o que ela disse, tão embaralhadas eram as suas palavras. Ela saiu sem que eu processasse a situação. Vi o carro dar ré e cantar pneu. Fiquei em pé na sala gelada. Vovô acendeu a lareira.

— Onde a vó e o André foram?

Pongo apoiou as patas no parapeito da janela, observando a comoção que agora abrandara. Os postes iluminavam ruas desertas.

— No hospital.
— Por quê?
— Sua mãe está grávida — vovô disse, sentando no sofá.
— Ela entrou em trabalho de parto.
— Ah.

Deitei ao lado dele sem entender o que aquilo significava. De vez em quando, falava com minha mãe ao telefone. Ela nunca mencionou gravidez. Já fazia nove meses desde que se fora? Mais tempo? Menos tempo? Eu não sabia. Apoiei a cabeça na almofada e encarei o fogo.

Polaroides

Blake só aceitou o convite para jantar na casa de Wagner quando ele mencionou que a esposa e a enteada estariam presentes. Wagner morava no mesmo bairro que seus tios. Blake conhecia o condomínio, onde passou tardes agradáveis com sua melhor amiga de infância, mas as coisas mudaram desde então. O residencial antigo, com casas amarelas de muros compartilhados, deu lugar a uma miscelânea de estilos arquitetônicos com jardins de cerca baixa. Blake desceu em frente à fachada minimalista cortada por uma coluna de vidro espelhado. Um Golden Retriever veio ao seu encontro.

— Lola, desce!

Wagner mancou pelo caminho de pedras. Estava de bom humor. Com uma leveza que Blake nunca vira, guiou a convidada até a sala de estar, onde lhe ofereceu uma taça de carménère. Até mancava menos, Blake pensou.

— Ah, a famosa Blake. Ouvi falar muito de você — uma mulher com uma tábua de frios na mão disse, saudando Blake com um beijo em cada bochecha.

Agnes, fotojornalista que agora trabalhava com retratos de bebê, não era o tipo que Blake imaginara como esposa de Wagner. Robusta e elegante, estava longe de ser uma beldade. Quando sorria, vincos formavam-se em volta dos olhos, o que nela caía bem: era daquelas pessoas que faziam a vaidade excessiva parecer algo típico de gente superficial. Mera impressão.

Olhos treinados identificariam o botox e injeções regulares de colágeno. Para Blake, ela exalava dinheiro antigo.

— Foi muito difícil chegar? A Cidade Baixa fica longe, não é? — ela perguntou, indicando o sofá branco de frente para a lareira. Blake sentou.

— Fica, mas estou passando uns dias na casa dos meus tios.

Blake desviou o olhar quando Wagner franziu a sobrancelha. Pegou um pedaço de queijo camembert e reparou na sala de plano aberto. A mesa fora posta para quatro pessoas. Seguindo o olhar de Blake e antecipando a pergunta, Agnes falou:

— Minha filha deve chegar daqui a pouco.

Agnes checou o celular, reclamando com um sorriso da displicência dos adolescentes. Sem perder o fio da meada, perguntou onde os tios de Blake moravam. Quando Blake nomeou a rua e confirmou o número, Agnes animou-se. Conhecia Bete e Marcos há anos. Contou a anedota de uma viagem em que se encontraram na Patagônia, mostrando a única foto que tiraram juntos na ocasião. Blake sorriu, tomou o vinho e não falou. Agnes ouviu o bipe na cozinha e levantou para checar o prato principal. O bobó de camarão com arroz branco e batatas rústicas estava quase pronto. Wagner tomou o lugar da esposa no sofá.

— O Oscar te contou da minha proposta?

A proposta dizia respeito ao filme *Rosas de Romeo*, longa-metragem aprovado no mesmo edital que *Jardim de inverno*. O projeto de Wagner estava em fase muito mais avançada. As filmagens começariam em dez dias.

— A primeira leitura com os atores vai ser na segunda-feira e eu quero sua consultoria — Wagner continuou, entregando uma cópia do roteiro para Blake. Muito mais grosso que *Jardim de inverno*, ela pensou.

Como *Rosas de Romeo* entraria na fase de produção em breve, não havia dinheiro para uma nova despesa no orçamento, mas era uma oportunidade. Blake acumularia experiência. Assim, no projeto seguinte, teria mais um crédito no currículo. Wagner recostou-se no sofá, suspirando. Seu olhar foi longe, anos no passado, para quando ele escreveu seu primeiro longa. Contou que o fizeram mudar tantas coisas que nem sequer assistiu ao filme quando ficou pronto.

— Não viu até hoje?

— Até hoje.

Wagner não queria que Blake tivesse experiência semelhante. Queria que ela entendesse o processo. A consultoria não era uma guerra de egos. Estavam todos no mesmo barco. Amavam o cinema do mesmo tanto.

— Falta de experiência se conserta com o tempo — ele disse, notando como Lola seguia seus movimentos. Jogou um pedaço de salame para a cachorra. — Falta de talento, não.

Blake não admitiria, mas se sentiu lisonjeada. A princípio, pensou que ele subestimava suas habilidades. No turbilhão de acontecimentos, agiu como se tivesse que defender suas ideias daquele homem e jamais considerou que Wagner queria, de fato, ajudar. Mas agora ele expunha o próprio roteiro aos escrúpulos de Blake. Isso não mudava as coisas? Blake pensou que sim. Antes que pudesse responder, no entanto, Lola correu até a porta e, por ali, entrou Mariel.

6

Alguém grita o nome de mamãe. Congelo. Prendendo a respiração, viro o corpo. Henrique caminha até a mocinha de cabelo platinado atrás do balcão. Ela prepara os cafés.

— Isabela! — ele repete, apoiando os braços na madeira. — A mulher da mesa oito disse que não pediu um cappuccino grande. Você pode ir lá no caixa resolver, por favor?

Isabela, não Izabel. Exalo o ar preso nos pulmões. A mocinha ajeita o cabelo atrás da orelha e vai até o caixa, onde a senhora que me abordou no banheiro aponta para um recibo amarelo e reclama enquanto Isabela esconde as mãos no bolso do avental, desculpa-se com o gerente e sorri. A mulher balança a cabeça e, feitas as correções, paga a conta. O celular toca. Ela atende no corredor em frente aos degraus, segurando o aparelho em uma das mãos e resgatando um guarda-chuva laranja com a outra.

— Você não vai acreditar quem eu encontrei aqui.

Ela diz meu nome para um tal de Osvaldo e, de costas para a minha mesa, não me nota. Em alto e bom som, diz que estou velha, mas não só velha, pois também não tenho mais a beleza que tinha na novela. Anita era esbelta, os olhos azuis em contraste intenso com os cachos negros. Eu, por outro lado, estou gorda agora e, além disso, com o rosto cheio de rugas. Nem dá para ver meus olhos direito. Ela diz:

— É de se pensar que uma atriz famosa tivesse dinheiro para botox, não?

Não seguro a risada. Se ela soubesse. É neste momento que Henrique interpõe seu corpo entre minha mesa e o corredor. Ele retira o prato com as migalhas do croissant, mas deixa a xícara. Um resto de creme esfria com o último gole da bebida. Quando ele sai, a senhora não está mais lá. Vejo o guarda-chuva laranja através da janela. A armação se fecha quando uma caminhonete estaciona no meio-fio. Ela entra no carro e desaparece de vez. A cena me conduz ao apartamento no Bom Fim, onde mamãe e Wagner insistiram em começar do zero. Casa nova, vida nova. Na minha primeira noite lá, cortei cenouras daquele mesmo tom de laranja.

Porto Alegre, 1994

O apartamento só era novo para nossa pequena família. Wagner chamou um eletricista três vezes só na primeira semana, já que a fiação não aguentou os aquecedores modernos. Tomei banho frio depois do treino de handebol.
— Paula, pode me passar a cenoura, por favor?
As mãos dela tremiam. Minha mãe levantou para cozinhar pela primeira vez em semanas. Desejo de tilápia assada com legumes e alcaparras, receita de vovó. A faca escorregou.
— Deixa que eu faço.
Em outras ocasiões, eu teria me apossado da faca e cortado as cenouras em pedaços grossos. Dessa vez, esperei que ela pousasse o cabo na minha mão estendida. Mamãe sentou na cadeira, respirou fundo e limpou o suor da testa com papel-toalha. Então, ocupou-se de descascar as batatas. Cozinhar tornara-se uma atividade extenuante. Perguntei se ela queria água. Ela disse que não.
— Eu nunca perguntei... — ela começou, mas então as palavras perderam-se no ar. Depois de um suspiro, tentou de novo: — Você... bom... Como você está?
Ela jogou a casca da batata numa pilha ao lado do pirex. Não sabia ao que se referia. Tanta coisa tinha acontecido entre nós. Dei de ombros. Eu não sentia nada. Queria voltar para a casa da minha vó e para Pongo. Nada mais. Ao mesmo tempo, não deixaria minha mãe sozinha, não enquanto ela estivesse daquele jeito. Desde que voltara da Argentina, não brigamos.

Ela mal levantava da cama, não comia nem bebia. Passava o dia assistindo a documentários de natureza, preferindo os que mostravam uma gazela correndo de hienas ou leões. Eu desviava o olhar quando um bicho contorcia-se nos dentes afiados do predador. Ela nem piscava.

— Eu queria que o Pongo viesse morar com a gente.

Minha mãe repetiu o argumento de sempre. Eu privaria o bicho de um quintal espaçoso e ar livre?

— Ele vai ficar infeliz.

— Hum.

Por um momento, ouvimos apenas as facas picando as batatas e cenouras. Senti o calor do forno na perna. Contemplei mamãe. Ela, que sempre tivera um cuidado excessivo com seus cachos perfeitos, maquiagem forte e roupas apertadas, transformara-se nessa pessoa de rosto limpo e encovado, cabelos despenteados e camiseta surrada. Como se lesse meus pensamentos, virou-se para mim. Então, limpou a garganta.

— Eu estou feliz que você está aqui — ela disse, interrompendo meus devaneios. — O Wagner também.

Essa última parte foi um sussurro. Por pouco, não deixei de escutar suas palavras. Engoli o choro e voltei minha atenção para as cenouras.

Polaroides

Blake furou um camarão com a ponta do garfo. Sentada entre Wagner e Mariel, ouvia as especulações sobre o youtuber que atuaria em *Rosas de Romeo*. Felipe Ferreira ensaiaria por apenas dois dias, ao contrário do resto de elenco, e seria o par romântico de Mariel. Atuaria com competência? Mariel achava que sim. Comentava sobre o jovem com os olhos brilhando.

— Sabia que o canal dele tem quase vinte milhões de inscritos? E ele já fez filmes — ela disse, sem disfarçar a admiração.

Blake concordou. Não falava desde que Mariel chegara. Repassava os eventos dos últimos dias, esforçando-se para lembrar os detalhes perdidos. Alguém comentou que Mariel seria a protagonista de *Rosas de Romeo*? Como deixou passar que a jovem beldade era enteada de Wagner?

— Blake?

— Oi? — Blake arregalou os olhos, percebendo que todos na mesa esperavam por sua resposta. — Desculpa, o quê?

Mariel tomou um gole de suco de laranja e ajeitou-se na cadeira. Então, repetiu:

— Você acha que a matéria da Ana vai ser publicada em alguma revista? Uma revista impressa.

Blake engoliu em seco. Isso era algo que não entendia. A primeira coisa que Mariel lhe disse ao chegar é que tivera uma reunião com Ana, mas Blake não conseguia imaginar que a garota soubesse que Ana investigava os processos de

Wagner. Esse tempo todo, Blake sentiu-se mal por esconder a consultoria. Ana, pelo jeito, tinha seus próprios segredos.

— Ana, minha sobrinha? — Wagner perguntou, servindo-se de mais uma porção do bobó.

— Sim, a namorada da Blake — Mariel disse, apontando o garfo para a convidada. — Ela vai escrever aquela matéria sobre mim, lembra?

Mariel explicou a proposta de Ana: um perfil em profundidade onde a estreia de Mariel no cinema seria descrita nos moldes de um conto literário. Mariel seria uma estrela em ascensão, um talento recém-descoberto. Blake mordeu os lábios ao ouvir aquilo. Ana sempre foi inteligente, mas agora passava dos limites.

— Então minha sobrinha é a sua namorada — Wagner disse, enfim entendendo.

Blake manteve o olhar no camarão partido no prato.

— Sim, ela é minha namorada.

— Mas não do Gustavo?

Blake balançou a cabeça. Agnes abriu uma garrafa de chardonnay. Carménère não descia bem com o camarão, explicou. Blake aceitou uma taça.

— Do Gustavo não, só minha.

— Nossa — Agnes disse, limpando uma gota na garrafa antes que caísse na toalha branca. — Que moderno.

Wagner pigarreou e logo mudou de assunto: perguntou se já tinha contado a história de como ficou manco e, quando Mariel disse que sim, mil vezes, ele contou de novo. A noite de estreia de uma de suas peças mais memoráveis, ele disse. Blake sorriu, mas não prestou atenção. Apenas encarou as imagens distorcidas na superfície da taça, controlando o sufoco no peito. Esse era o problema de Porto Alegre: todo mundo se conhecia. Ana não se safaria com uma mentira daquelas. A bolha em que viviam era tão apertada que Blake mal conseguia respirar.

Sentada no banco do passageiro, Blake equilibrava uma orquídea e o roteiro de *Rosas de Romeo* no colo. Wagner insistiu na carona. A casa de Bete e Marcos era tão perto, não seria incômodo nenhum. Antes de saírem, Agnes pediu que Blake entregasse a flor que decorara o centro da mesa a Bete.

— Diz que esperamos os dois essa semana.

O carro parou num semáforo vermelho. Wagner sintonizou numa estação de rádio com música orquestral, fez um comentário sobre a música, mas logo mudou de assunto. Desculpou-se pelo orçamento apertado de *Rosas de Romeo* e reforçou mais uma vez a importância da experiência como consultora. Além disso, ela poderia acompanhar as filmagens, se quisesse.

Blake avistou a casa dos tios na esquina. Mais um quarteirão e estariam em frente ao portão cinza. Não sabia o que pensar sobre a consultoria. Não aceitou, nem recusou, mas levava o roteiro consigo. Se aceitasse, estaria nas locações com Mariel e, em consequência, com Ana. Não havia mais jeito. Teriam de abrir o jogo.

Wagner parou o carro. Antes que Blake saísse, ele exclamou um "ah" entusiasmado e aumentou o volume, pedindo que ela escutasse a música por um momento. Blake absorveu os instrumentos de sopro misturados à percussão, mas sua mente logo se voltou para as pendências com Ana.

— Você pode ir com a gente, se quiser.

Blake virou-se para ele.

— Ir aonde?

Wagner abaixou o volume. Repetiu o convite: ele e Mariel iriam à abertura de uma exposição no Iberê Camargo. Tocariam a *Sinfonietta* de Janáček na ocasião.

— É bom expor a mente jovem à arte.

Blake concordou. Fez menção de sair do carro, mas Wagner aumentou o volume mais uma vez, a expressão vazia e os olhos perdidos no horizonte.

Porto Alegre, 1994

— Você conhece a *Sinfonietta* de Janáček?
Wagner observava da porta do escritório. Fora pega no pulo. Ele esperou que eu dissesse algo, mas as fotos na minha mão denunciavam o objetivo da missão.

André descrevera as fotos do feto como saídas de um filme de ficção científica.

— Parecia uma miniatura de alienígena, não uma pessoa de verdade — ele disse, o rosto tão pálido que eu enxergava a veia roxa na sua testa com clareza.

Não consideramos que aquele feto, aquele bebê, fosse nossa irmã. Falávamos como se fosse uma coisa desprovida de sexo, afeto ou humanidade. Um alienígena. Eu, é claro, imaginava uma coisinha gosmenta e verde. Não vira as fotos, escondidas em uma pasta nas gavetas de Wagner. André falou que, se eu pedisse, ele me mostraria. Eu não queria pedir.

O escritório de Wagner era um quartinho abarrotado que dava para a lavanderia. Livros e poeira entulhavam ainda mais o espaço. Ele colecionava LPs, enfileirados nas prateleiras ao lado dos livros. Não sei como encontrava alguma coisa naquela bagunça. Na escrivaninha, havia tanto um computador de mesa branco quanto uma Olivetti Lettera 82 verde. Um maço de papéis descansava embaixo de três livros: *Breve romance de sonho*, *Senhorita Júlia* e *Lolita*. Folheei o Nabokov, observando os grifos nas páginas dobradas.

Você está maluca, Charlotte. As anotações que você encontrou fazem parte de um romance. Seu nome e o dela estão ali por mero acaso. Apenas porque estavam disponíveis. Pense bem. Vou lhe trazer um drinque.

O trecho, grifado de amarelo, ligava-se por uma seta a uma anotação manuscrita: *arte e realidade = gêmeas criadas em famílias distintas*. Embaixo, o rascunho de duas peças, uma intitulada *Lolita* e a outra *Diários de uma barata*. Nada daquilo me interessava. Ocupei-me das gavetas.

As duas primeiras estavam abarrotadas de boletos e de documentos com recibos amarelos. Nada interessante. Na última também havia contas, mas o envelope do laboratório de imagem destacava-se. Não entendi o ultrassom. Era aquilo que André descreveu com o rosto ficando transparente? Não havia nada ali. Folheei os laudos um pouco mais, ainda sem discernir onde estava a criança e, nisso, achei duas fotografias grampeadas no envelope. Prendi a respiração.

André estava errado. O feto não parecia um alienígena. Era um bebê. Feio e gosmento, com certeza, mas humano. O que mais me recordo é do nariz bem formado, com a ponta redonda e arrebitada. Como o meu. Antes de me chamarem de Paulada, uma aluna de intercâmbio me apelidou de *piglet*. Na época, eu não sabia o que significava. Então, descobri. Porquinha. Perdida nessas lembranças, não percebi quando Wagner entrou no escritório.

— Você conhece a *Sinfonietta* de Janáček?

Derrubei a pasta no chão. Ele deteve-se nas fotografias por um momento. Achei que fosse gritar comigo, mas, em vez disso, apenas me devolveu as fotos e sentou na poltrona reclinável. Sua expressão era triste. Balancei a cabeça, murmurando um "não" inaudível. Eu não fazia ideia do que era Janáček. Wagner levantou-se, deslizando os dedos com agilidade entre os LPS. Pegou um com a foto de um maestro na capa. Pôs o vinil na vitrola. A música orquestral movimentou o silêncio de forma que minha mente sublimou daquele lugar. Pensava nas fotos, mas havia outras coisas também. Não queria dizer o quê, nem descrevê-las para ninguém. Talvez essa fosse a sensação de meditar.

— Gostou?

— Não sei.

— Não sabe?

— Quer dizer... — Pensei por um momento, surpresa por uma parte significativa de mim querer impressioná-lo. — Acho que gostei, mas não sei se entendi.

— Mas sentiu algo?

Fiz que sim, aliviada por não precisar mentir. Eu sentira algo, de fato, embora não soubesse o quê.

— Isso é o mais importante. Não importa o que as pessoas digam, o papel da arte é provocar sentimentos, não dar explicações.

— As pessoas dizem isso?

Ele encarou-me por um momento. Era a primeira vez que sentia seu olhar em mim como Paula, não apenas como filha da minha mãe ou meia-irmã do natimorto. Não apenas sua enteada. Acho que foi a primeira vez que ele notou diante de si uma jovem com quem não tinha laços de sangue, mas tinha laços de afeto. Ele queria aprofundá-los. Eu também. Foi o que pensei na época.

— Algumas pessoas. — Ele guardou o vinil na capa com cuidado. — Quer ouvir mais um?

Sim, eu queria.

Saí do escritório com uma leveza que não sentia havia muito tempo. Então, lembrei das fotos. O alienígena de que meu irmão falou, na verdade, era um bebê que não se formou por completo. Corri para o quarto de André. O "você mentiu para mim" já se formava na garganta quando parei na porta. Foi então que vi o fio do telefone esticado no corredor. Parei no vão entre o quarto de André e o meu.

— Por que você não quer ir? A gente comprou o ingresso há meses — ele dizia. Segurava a base do telefone em uma das mãos, andando em círculos.

Naquele final de semana, André e Júlia iriam a um show. Como ele e a namorada eram menores de idade, mamãe concordou em acompanhá-los. Wagner animou-se com o passeio, o que ajudou a convencer nossa mãe. André sentou na cama com os ombros encurvados.

— Por que você está chorando? — ele perguntou, suspirando antes de pronunciar o nome da namorada. Júlia falou alguma coisa. André empalideceu. — O que tem a peça?

Referia-se a *Diários de uma barata*. Wagner adaptou *A metamorfose* para os palcos. Além de dirigir seu primeiro Kafka, interpretaria Gregor Samsa. Júlia seria a irmã adolescente do protagonista. Eu sabia que Wagner retomara seu lugar na companhia de teatro depois de Buenos Aires, mas fiquei surpresa ao descobrir que Júlia faria parte do elenco. André limpou a testa com as costas da mão.

— Ninguém está te obrigando a nada, Júlia.

Foi então que ele me viu. Apoiando o fone no ombro, levantou da cama e fechou a porta na minha cara. Demorei mais um tempo ali. Não distinguia as palavras, mas o nervosismo de André aumentava conforme a discussão seguia. Eu ficaria mais se mamãe não tivesse aparecido no corredor.

Polaroides

Blake releu as mensagens de Ana diversas vezes. Na última, havia apenas o seu nome seguido de sucessivos pontos de interrogação. Ana perguntou onde Blake estava e o porquê de não responder mais. Enfurnada no quarto de hóspedes na casa dos tios, Blake sabia que não podia iniciar uma conversa sem que a verdade viesse à tona, o que era inevitável. Blake sentou na cama e massageou as têmporas na esperança de frear os pensamentos com os dedos. Sabendo que não dormiria tão cedo, acendeu o abajur e pegou *Rosas de Romeo* da mesa de cabeceira.

    O filme era uma história ultrarromântica e problemática. As primeiras trinta páginas descreviam o amor idealizado entre Julieta e Dênis, adolescentes que planejam passar a vida juntos até que a morte, de fato, os separa. O menino morre em um acidente de carro. Julieta não pensa em outra coisa senão em suicídio. A tentativa a leva ao hospital. É neste exato momento que um senhor chamado Romeo, internado em coma há anos, acorda. A alma de Dênis. O resto da história é sobre como aos poucos Julieta reconhece seu amado naquele corpo quinquagenário. A cena final, quando os amantes finalmente se reconectam, termina em fade out com uma voz em off: "E Julieta disse a Romeo: De que vale um nome, se o que chamamos rosa, sob outra designação, teria igual perfume?".

    O relógio marcava três da manhã quando Blake terminou a leitura. Imaginou Wagner como Romeo, mas tremia ao pensar nas cenas em que ele beijava Mariel. Ela não imaginava como fariam a cena de sexo, descrita numa casa de praia em Torres, momento em que Julieta não tinha mais dúvidas de que Dênis reencarnara. Blake perguntou-se o que Agnes pensava daquilo tudo, pois era impossível que não soubesse.

Na margem do roteiro, Blake anotou que os diálogos sobre a idade ser uma ilusão deviam ser cortados ou, no mínimo, modificados. Idade não era uma ilusão quando alguém tinha menos de dezoito anos, ela pensou. Na descrição de Julieta, havia apenas a palavra "jovem", mas nenhuma idade específica. Blake anotou isso nas margens da página 64.

Durante o primeiro ano de pandemia, Ana desenvolveu uma rotina. Acordava às seis da manhã, passava café e preparava um omelete com dois ovos, queijo e presunto. Comia assistindo vídeos no YouTube. Naquela manhã, salvou um documentário sobre a produção de vinho em Saint-Émilion. Sempre frisava a importância de saber um pouco de tudo. Ser jornalista é ter um mar de conhecimento com um centímetro de profundidade, ela dizia. Blake chegou no momento em que a água ferveu na cafeteira italiana. Pendurou o casaco atrás da porta e parou na soleira da cozinha. Ana olhou de relance. Depois, voltou a atenção ao fogão.

— Quer café?

— Quero.

Blake aceitou a xícara. As duas assopraram. Ana tomou um gole. Quente.

— Onde você estava?

Blake trocou o peso de uma perna para a outra.

— Eu jantei na casa do Wagner ontem.

Ana encarou-a por um momento, sem expressão. Blake imaginou uma boneca da Senhora Cabeça de Batata sem as peças do nariz, lábios e olhos.

— Wagner, meu tio?

Blake assentiu.

— Sabe quem mais estava lá? Mariel.

Uma abelha sobrevoou o omelete ainda quente na frigideira e passou perto do rosto de Ana. Ela abanou com a mão direita, equilibrando a xícara o melhor que pôde. Não adiantou. Gotas mancharam o tapete amarelo. A abelha passou por Blake até a sala, onde Daegu pulou do sofá e correu atrás do inseto. Ana desligou o fogão.

— Não entendi.

Blake deu um passo para a frente.

— Quanto tempo você achou que ia esconder isso? De mim, de Mariel, de todo mundo? — ela perguntou, deixando a caneca na pia.

Ana riu como se tivesse ouvido uma piada. Encarava o tapete, balançando a cabeça com um sorriso descrente. Blake prendeu a respiração.

— Viu? É disso que estou falando. — Ana levantou a cabeça e olhou Blake nos olhos. — Você não escuta nada do que eu falo.

Ana então recordou a noite do risoto, onde não só contou sobre Mariel, a mais recente enteada de Wagner, como também explicou o plano de acompanhar a jovem atriz durante as filmagens. Se a investigação de Ana indicava qualquer coisa, era que Wagner tinha um padrão. Não tardaria até Mariel ser a próxima. Blake exalou todo o ar dos pulmões e, sem perceber, deu pequenos passos para trás. Por pouco não tropeçou em Daegu, ainda perseguindo a abelha.

— E você explicou isso para ela? Você está mexendo com a família dessa menina, Ana! E a mãe dela? Você pensou na mãe dela?

Por pouco Blake não mencionou *Jardim de inverno*. Conteve-se. Lágrimas acumularam-se nos olhos de Ana. Ela esfregou o rosto com força demais e encarou Blake como se, pela primeira vez, enxergasse quem a namorada era. Fez uma careta de nojo. Depois, chorou. Esforçando-se para manter a voz estável, explicou que a noção de estupros em becos escuros era justamente o problema. A realidade era outra. Ana citou números e estatísticas, todos com a mesma conclusão: a maioria absoluta dos casos acontecia dentro de casa. O criminoso era, no geral, alguém próximo.

— Alguém da família.

— Meu Deus, Ana — Blake falou, caminhando até o sofá. Deixou-se cair nas almofadas. Sentia-se tonta. — Tudo isso por causa daquele emprego em São Paulo?

Ana não se aproximou nem suavizou a expressão. Não acreditava naquela conversa. Pior que isso: não acreditava que a pessoa com quem dividia a cama estava do outro lado.

— Todos os dias eu penso nisso — Ana disse, desviando de Daegu. A gata desapareceu no escritório, para onde a abelha voou. Ana sentou ao lado de Blake. — Se eu tivesse alisado o cabelo ou se meu nariz fosse mais fino... se eu colocasse outro endereço no currículo, não sei. Às vezes, penso se não foram essas coisas que me desclassificaram.

— Nem tudo é sobre raça, Ana — Blake respondeu, erguendo o corpo. — A competição era de seis para um e você tinha acabado de se formar. A aparência não tem nada a ver com isso.

— A aparência não tem nada a ver? — Ana cerrou os dentes, fazendo força para não gritar. — Então por que você é assim?

Blake arqueou as sobrancelha e, sem pensar, ergueu a voz.

— Assim como?

Ana apontou para Blake como se sua mera presença fosse autoexplicativa.

— Você mudou seu nome, cortou o cabelo, arranjou uns óculos, aprendeu a se maquiar, perdeu o sotaque e anda por aí como se estivesse sempre no outono. Se aparência não importa, para que tanto trabalho em se construir na exata imagem que as pessoas têm de uma escritora? Você nunca publicou nada e, logo no primeiro roteiro, já te pagaram uma fortuna. As pessoas aceitam seu suposto talento mesmo sem terem lido uma palavra do que você escreveu. Ninguém te julga e te dão carta branca para o que for pela tal da "licença poética", mas a real, Bruna, é que você é... o seu trabalho é ser atendente num café que mal abriu as portas. Fala a verdade. — Ana levantou do sofá, postando-se na frente de Blake. — Você não quer escrever, você quer ser admirada.

Um estrondo veio do escritório. As duas correram para o cômodo ao lado. Os objetos da escrivaninha jaziam no chão, incluindo o notebook de Blake. A gata escondeu-se embaixo da poltrona, deixando a abelha em paz. Blake analisou o estrago. Se uma garrafinha de água não tivesse caído em cima do computador, talvez pudesse salvá-lo.

— É só a gente colocar...

Ana estendeu a mão, mas antes que alcançasse o aparelho Blake deu-lhe um tapa.

— Não!

Paralisadas, digeriram aquele tapa em silêncio. Blake não segurou as lágrimas, deixando-as escorrer sobre o computador estragado. Quando ergueu o olhar, Ana não estava mais lá. Ouviu a porta da sala bater. Então, desmoronou no chão e lá teria ficado se não fosse a abelha debatendo-se contra o vidro. Perdendo a paciência, levantou e abriu a janela. A abelha colidiu contra o próprio reflexo três vezes antes de achar a fresta e sair voando.

7

O capítulo treze é o mais grifado do meu dispositivo. Marquei todas as vezes que a abelha aparece. Será que havia uma abelha quando Blake e Ana brigaram? Ou será que Ana adicionou a abelha para fins estilísticos?
— Com licença?
Lembro-me de uma cena em *Anita & Giuseppe* em que havia muitos extras e uma luta armada, mas um dos cavalos machucou-se e não poderíamos gravar como o planejado. O diretor encontrou uma solução: filmar os homens correndo, dar close em suas expressões enquanto gritavam e, no momento em que o plano aberto mostrasse o pampa, mudar o foco para uma colmeia. O caos de abelhas e seu zumbido incessante representaria o confronto.
— Moça?
Uma mulher com não mais de trinta anos para na minha frente. Quando noto sua presença, fico na defensiva.
— Pois não?
— Posso pegar essa cadeira?
Ela apoia as mãos no veludo esmeralda do encosto. Faço que sim, abraçando meu iPad contra o peito.
— Obrigada.
Ela leva a cadeira, tomando cuidado para não arrastar os pés do móvel no chão. A três passos de mim, deixa cair a bolsa, espalhando objetos no carpete.

Porto Alegre, 1994

Quando entrei no quarto de André, espantei-me ao ver todas as suas coisas no chão enquanto ele fazia as malas.
— Aonde você vai?
Ele sequer me olhou.
— Para a casa da vó.
Sentei na cama. André jogava as roupas na mala com uma gana assassina. Numa sacola de mercado, espremeu quatro tênis de uma vez, rasgando a sacola por acidente. André xingou e jogou tudo no chão. Abracei um travesseiro contra o peito. O que aconteceu? Não era do feitio de André alterar-se tanto por tão pouco.
— Mas por quê?
Ele olhou para mim como se só agora notasse minha presença. Abriu a boca para falar uma, duas, três vezes e, por fim, calou-se. Encarava-me desnorteado. Perdi a paciência e gritei uma súplica. Qual era o problema, afinal? André se assustou. Pegou os tênis e, dessa vez, guardou-os com cuidado em outra sacola. Então, sentou do outro lado da mala.
— Eu e a Júlia terminamos.
— Ah.
Eu não compreendia. O que aquele término tinha a ver com uma mudança? André não fazia as malas para um final de semana. Esvaziava o roupeiro.
Na sala, mamãe e Wagner conversavam. A conversa chegava até nós através da porta aberta. Não entendi o que falavam,

mas o ritmo acelerado das palavras deixaram-me ansiosa. André caminhou pelo quarto, juntando os objetos que considerava importantes. Seus videogames, apostilas, o uniforme da escola, o Giannini preto. Este último ele guardou na capa de proteção e encostou na parede.

— André — chamei. Queria transmitir autoridade, mas o nervosismo transparecia em minha voz. — Por que você e a Júlia terminaram?

Ele parou. Depois de um momento, disse:

— Pergunta para o Wagner.

Sequer me ocorreu que a sugestão continha ironia. Não notei a malícia em sua expressão. Pelo contrário, levei ao pé da letra. Mamãe e Wagner calaram-se no momento em que me viram na sala. Conversavam na mesa de jantar, ambos de costas para o abajur. Demorou um tempo para distinguir suas expressões. Mamãe mandou que eu voltasse para o meu quarto, pois aquilo era conversa de adulto. Não saí do lugar.

— Por que o André está indo embora?

Mamãe soltou um longo suspiro, escondendo o rosto nas mãos enquanto balançava a cabeça. Ouvi um murmúrio abafado. Xingou Júlia de alguma coisa. Wagner entrelaçou os dedos das mãos e apoiou o cotovelo na mesa. Suor escorria das entradas de seu cabelo. Perguntei se André partia por causa de Júlia. Wagner abriu a boca para dizer algo, mas foi interrompido.

— Essa menina é louca! Eu falei desde o começo que ela era problema, mas você e seu irmão me ouvem? É claro que não — mamãe disse, dominando o rumo da conversa.

Então, recorreu ao monólogo ressentido de sempre, seguido de uma série de insultos que em nenhum momento explicavam o principal: a razão daquilo tudo. Mamãe parou de falar quando André apareceu com o violão em um ombro e a mala nas mãos. Ela chorou.

— Meu filho, larga essa mala — ela disse, brandindo o indicador na direção do meu irmão. Frisou que era a mãe. André não tinha dezoito anos completos. Ela é quem mandava. — Não se atreva a me desobedecer.

— Por que não? — André, com a expressão fria, caminhou até a porta. — Você foi embora quando quis.

Ele destrancou a porta. Deixou a chave com o pingente do Grêmio no chaveiro. Antes de sair, despediu-se de mim com um "até" inaudível.

— Dá um beijo no Pongo por mim — pedi, mas ele bateu a porta antes que eu terminasse a frase.

Da janela, pude ver a Toyota preta com a caçamba coberta estacionada no meio-fio. A luz do poste iluminava o para-brisa, através do qual via as mãos de vovô segurando o volante. André apareceu na calçada. Ajeitou a mala e o violão no banco de trás. Sentou ao lado de vovô com a mochila no colo. Eu tinha certeza de que ele olharia para a janela e acenaria para mim. Ele, no entanto, apertou o cinto de segurança sem levantar a cabeça. O carro saiu de vista logo depois de partir, virando à direita na esquina do nosso prédio.

Polaroides

Era uma daquelas quartas-feiras. A tarde arrastava-se enquanto Blake, sentada no balcão do Café Majestic, relia suas anotações sobre *Rosas de Romeo*. Às cinco horas, Wagner chegaria para a reunião. Henrique, sua única companhia, assistia a uma série no computador em uma das mesas em frente às janelas em arco. Não havia pedidos de entrega, tampouco clientes. Ela suspirou, virando a página do roteiro.

Julieta era o tema principal de suas observações. Ela percorria a trama com traços subdesenvolvidos e mal tinha personalidade. Se Blake não soubesse que seria interpretada por Mariel, também não teria rosto. Blake riscou essa anotação, pensando que Wagner não gostaria de ouvir que sua protagonista tinha a profundidade de um holograma.

— Meu Deus, eu estou com fone e ainda ouço seu pé batendo na cadeira — Henrique falou, tirando um dos fones do ouvido.

Blake sequer notara, mas batia os mocassins contra a base do banco.

— Aumenta o volume.

Mesmo assim, Blake cruzou os pés na esperança de contê-los. Com a parte inferior do corpo imobilizada, bateu a ponta do lápis na página. Satisfatório. Batucou mais uma vez e outra, até que o ritmo igualou-se ao que antes produzira com os sapatos. Henrique virou-se para ela. Suspirou com exagero e revirou os olhos.

Às cinco e quinze, Wagner entrou no Café Majestic.

* * *

— Eu entendo sua preocupação com o conteúdo, mas isso é uma experiência estética — Wagner disse, aproximando sua mão da de Blake por cima da mesa. Então, recostou-se na cadeira, deixando os braços caírem ao lado do corpo.

Henrique e Blake trocaram de lugar: ela e Wagner ocupavam a mesa redonda com vista privilegiada para a rua. Blake bateu as juntas dos dedos no tampo de madeira escura que, na verdade, era apenas MDF pintado.

— Uma experiência estética?

— Eu vou te mostrar.

Wagner tirou a caneta esferográfica presa no bolso da camisa social e puxou o roteiro. Abrindo o verso em branco de uma página, posicionou-a na horizontal. Henrique, com o queixo apoiado nas mãos, bisbilhotava do computador. Blake sabia que ele prestava atenção na conversa, apesar de os flashes da série em sua tela seguirem ininterruptos. Wagner desenhou três retângulos.

— Estes são os planos.

No primeiro, rabiscou os paredões rochosos à beira-mar de Torres, com cinco pássaros representados por rabiscos curvos voando no céu. No segundo quadrado, os paredões apareciam ao fundo de uma casa de madeira. O desenho era rudimentar, é claro, mas, conforme desenhava, Wagner coloria a cena com palavras. No terceiro plano, o espectador entrava no interior da casa, com Julieta de costas para a janela e, através da janela, a mesma paisagem dos planos anteriores. Na contraluz, veríamos apenas a silhueta da personagem, protegendo a nudez de Mariel do espectador. Wagner virou a página.

— No plano americano, vamos usar um contraplongée — ele disse, riscando novamente os contornos do frame antes de preenchê-lo com mais rasuras. — Eu queria abrir este último plano com um tilt, mas, como usaremos a câmera na mão, talvez seja melhor não.

Wagner passou a mão na cabeça, exalando o ar dos pulmões. Decidiria com o diretor de fotografia o movimento de câmera. Tinham acesso ao steadycam, mas o seguro do equipamento cobria acidentes e furtos em Porto Alegre, não em Torres. É claro, poderia arriscar. Se nada acontecesse, teria a cena perfeita, mas no caso de um acidente pagaria taxas exorbitantes. Não tinha orçamento para tal.

Blake sentiu uma leve vertigem. Contraplongée, tilt, diferentes planos, sequências, movimentos de câmeras e equipamentos. Isso não fazia parte do seu vocabulário. Sentia-se uma tola. Como ela, uma roteirista, não sabia nada de cinema? Respirou fundo. Tinha tantas perguntas, mas não confessaria sua ignorância.

— Vocês vão filmar em Torres?

Wagner fez que sim, ainda encarando seus rabiscos. Considerava os prós e contras de levar um equipamento sem seguro para uma locação no interior.

— O Gustavo vai ter cenários ótimos para fotografar.

Blake arregalou os olhos.

— O Gustavo?

— Ele não te contou?

Blake contorceu o rosto. Nunca, nenhuma vez, Gustavo demonstrara interesse em cinema. Não na sua frente. Quando assistiam filmes, ele mexia no celular e, por vezes, dormia. Não é que aquilo fosse uma novidade. Era um choque. Por que Gustavo não disse nada? Wagner desenhou outro plano, no qual o rosto de Julieta aparecia em close up, explicando com mais detalhes o que imaginava para a cena. O sexo aconteceria nas expressões de Mariel.

— Então você não vai atuar?

— É claro que não, vou concentrar minha energia na direção — Wagner disse, demonstrando com uma risada seca a insanidade da ideia de Blake.

Blake perguntou-se como os espectadores saberiam que Julieta interagia com Romeo se ele não aparecia na tela.

— Você vai ser um fantasma na cena?

— Não, eu vou ser a câmera.

— Ah — Blake balançou a cabeça, enfim entendendo.

Wagner inclinou-se na cadeira, tirando o celular do bolso. Arrastou o dedo sobre a tela diversas vezes.

— Aqui — ele disse, entregando o celular para Blake. — Vai ser mais fácil de visualizar pelo storyboard.

Um arquivo em PDF mostrava os planos com mais detalhes. O boneco de Julieta no close-up tinha olhos fechados e a boca aberta, bem como o movimento de jogar a cabeça para trás. Quem fez o storyboard sabia simular um orgasmo com traços mínimos. Wagner suspirou.

— Tem um outro assunto que eu quero tratar com você.

Uma camada de nuvens alaranjadas cobria o céu tal qual um tapete geométrico. Daegu dormia na mesa do escritório abarrotada de lenços de papel enquanto Ana escrevia no notebook, alheia ao pôr do sol, fungando tanto que só respirava pela boca. Blake entrou. Esperou um momento antes de falar.

— Eu pedi demissão.

O barulho do teclado cessou.

— Pediu demissão do Majestic? — Ana perguntou, incapaz de conter um espirro.

— Isso.

Ana espirrou de novo e assoou o nariz. Depois, perguntou do aluguel. Blake tranquilizou-a: a tia ajudaria por um tempo e, além disso, receberia vinte e três mil reais por *Jardim de inverno*. Não sabia quando, mas logo. Oscar explicou que o atraso devia-se ao fato de o dinheiro render numa aplicação. Não mexeria nas contas até a pré-produção começar, o que não aconteceria até amarrarem a versão final do roteiro. Blake não contradisse a lógica. A única vez que tentou, Oscar justificou o excesso de zelo dizendo que qualquer passo em falso pareceria desvio de verba pública. Toda cautela era pouca. Ana massageou as têmporas. Quando falou, sua voz saiu rouca e encatarrada.

— Por quê, Blake?

Blake sentou na poltrona.

— O Wagner me ofereceu um emprego.

Viu a boca de Ana retorcer-se em uma careta. Ela mordeu o lábio inferior e, pouco depois, abriu a boca, mas outro espirro interrompeu sua fala. O olhar de Ana foi de Daegu para os próprios pés após mais uma tentativa frustrada de verbalizar seus sentimentos. Por fim, repetiu a frase de Blake na forma de pergunta. Seu tio, o mesmo com quem cortou relações, ofereceu um emprego para sua namorada, com quem ela continuava brigada? Blake confirmou, embora "emprego" não fosse a palavra certa.

Luana, a assistente de som, uma universitária de vinte e três anos que Wagner descreveu como um grande talento, engravidara durante a pandemia. O bebê estava com oito meses. O pai, empregado público no Banco do Brasil, não podia ficar com a criança. Wagner não queria negar o emprego à lactante, mas também não prejudicaria o diretor de som. E se Blake se revezasse com ela no cargo?

— O que você sabe sobre som? — Ana perguntou, controlando a voz. Não queria brigar de novo, mas Blake testava sua paciência.

— Eu vou aprender — Blake disse, torcendo para que Ana não perguntasse do salário. Ela, é claro, perguntou. Wagner deixou claro que não tinha como pagar duas assistentes de som. Era uma oportunidade, um crédito a mais no currículo. — Eu preciso disso.

Se Blake tivesse uma visão abrangente do processo cinematográfico, não só ganharia em experiência, como também entenderia melhor a função de um roteiro. Assim, enriqueceria *Jardim de inverno*.

Ana abriu a boca para dizer algo, mas engasgou no catarro que desceu na garganta. Depois de uma crise de tosse, assoou o nariz, já vermelho e descascando.

— Meu Deus — Blake disse, abraçando o próprio corpo e recuando para trás. — Será que você está com covid?

Ana deu as costas para a namorada. Blake saiu do escritório ao som dos dedos de Ana esmurrando as teclas do computador.

O dia 28 de janeiro de 2021 foi o último dia de Blake no Café Majestic. Ela não cumpriu o aviso prévio, pois uma amiga de Henrique precisava do emprego. Blake mostraria naquela tarde o básico para Isabela: como usar a máquina de expresso, como gerenciar o aplicativo de delivery e os melhores pontos para as fotos do Instagram. Em suma, de tudo um pouco. O dia voou e, antes de perceber, Blake encerrava seu último expediente. Quando chegou em casa, Ana assistia a um reality show enrolada numa manta. Sentia-se pior.

— Você já comeu?

— Não estou com fome.

— Você tem que comer.

Blake insistiu. Prepararia um dos ramens coreanos de que ela tanto gostava. Ana não disse que não, nem que sim. Apenas

fixou o olhar na televisão enquanto Blake foi até a cozinha e ferveu a água. Depois, picou o alho, fritou na manteiga, adicionou frango e cenoura em cubos. Finalizou com macarrão instantâneo, tempero e dois ovos. Três minutos depois, serviu duas cumbucas com queijo parmesão ralado por cima. Entregou uma para Ana e sentou-se ao seu lado no sofá.
— Obrigada.
— Não sei se fiz certo.
— Está ótimo.
Assistiram ao reality em silêncio. Ana dormiu no penúltimo episódio. Blake desligou a televisão e lavou a louça. Depois, encostou a porta do escritório e, antes que se desse conta, escreveu três cenas entre Camila e Ricardo. Não eram românticas, mas continham certa dose de ambiguidade. Blake escreveu por mais quarenta e cinco minutos quando ouviu o som da descarga e, depois, do chuveiro. Ana entrou no escritório e sentou na poltrona. Blake deixou o roteiro de lado.
— Está melhor?
Ana balançou a cabeça. Então, ergueu o olhar. Naquele momento, o coração de Blake afundou. Sabia o que viria a seguir e, agora que estavam ali, no ponto final, queria fugir do inevitável. Paralisada na cadeira, ouviu o prólogo do término. Ana constatou o óbvio: não conversavam mais. Ana cansou de Gustavo e, além disso, sabia que Blake engolia o ciúme até que ele explodisse da pior forma possível.
Blake ouviu em silêncio, a mente aumentando o que Ana dizia e inventando hipóteses para o não dito. Ana enfatizou o quanto o egoísmo da namorada tornara-se insustentável. Foi aí que Blake soube. Não foi seu egoísmo, muito menos Gustavo, que causou aquele desfecho, mas sim Wagner. Blake perguntou-se se Ana terminaria com ela não fosse a febre e o fato de o tio que ela odiava ter contratado sua namorada

para trabalhar no seu filme mais recente. E não só isso: Blake intrometeu-se no processo de investigação de uma matéria que ela considerava importante. Como terminaria o trabalho com Blake no meio? Os interesses colidiam e, agora, restava deixá-los explodir no ar.

— Mas eu te amo — Blake falou, soluçando. Seu rosto, afogueado pela pimenta do ramen, ardia sob o sal das lágrimas. — Você não me ama mais?

— As coisas não são simples assim.

Ana afundou na poltrona, as palavras morrendo em um murmúrio. A vida não se resume à curva dramática, ela disse. Não é um roteiro. Blake concordou. De fato, pensou, imaginando os términos em suas histórias com a dinâmica do caos, não isso. Não duas pessoas esgotadas compartilhando um silêncio interminável. Um silêncio terrível.

Porto Alegre, 1994

Era fim de ano e minha turma apresentou *Uma canção de Natal*, de Dickens, na festa da escola. Meu papel era a flor de inverno. Por nossa turma ser numerosa, a maior parte ficou sem ter o que fazer. Dez de nós encaixamos uma cartolina com papel crepom imitando pétalas na cabeça e cantamos uma música entre a aparição do espírito do Natal passado e o espírito do Natal presente. Alexandra interpretou Scrooge.

— Deixa eu te ajudar — ela disse, ainda usando casaca e calças com suspensório.

Estávamos numa sala de aula que servia como camarim. Eu tentava desatar o nó da pétala presa na minha cabeça, mas não enxergava a fita. Deixei que ela me ajudasse. Quando ela desprendeu a cartolina do meu rosto, virei-me.

Alexandra sustentou meu olhar sem dizer palavra. Depois, suspirou e entrelaçou os dedos nos meus, indiferente a todos que circulavam pela sala. Puxou-me para trás de uma pilha de tule, as saias das estrelas de outra apresentação, e nos beijamos. Deixamos nossos lábios demorarem um no outro. Quando dei um passo para trás e sorri, o momento eternizou-se. Os olhos de mamãe fixados em mim romperam essa eternidade em um mero segundo.

Mamãe não falou uma única palavra no trajeto até nossa casa. Wagner, por outro lado, exaltou minha performance sem parar. Não sabia dizer se ele me viu com Alexandra e tentava quebrar o gelo com elogios falsos.

— Eu te disse isso uma vez, lembra, Izabel? Sua filha tem olhos muitos expressivos. — Wagner virou à esquerda sem ligar a seta. Apoiou o braço na janela.

— Ahá.

Mamãe sequer escutava. Pelo retrovisor, vi seu olhar hipnotizado, fixo nas ruas, como se estivesse em transe. Wagner continuou com seu panegírico e mamãe com seu silêncio. Só quando estávamos a sós no meu quarto ela voltou a si. O rosto avermelhou-se sob as lágrimas.

— Eu nunca senti tanta vergonha na minha vida.

Essa foi a frase que iniciou uma enxurrada de insultos, a maior parte enterrada na memória. Quando dei por mim, chorávamos e gritávamos uma com a outra. Em algum momento, mamãe desesperou-se e abriu meu guarda-roupa, jogando tudo no chão e dizendo que eu não me vestiria mais como um menino.

— Eu não criei uma Maria-João, uma fancha!

Aquela foi a gota d'água. Agarrei uma das camisetas e, na luta por quem ficava com ela, o tecido velho rasgou no meio. Era a minha camiseta favorita. Os soluços transformaram-se num grito de raiva e, no calor do momento, no auge do meu ódio, repeti palavras que ouvira da boca de vovó.

Vadia alcoólatra.

Mamãe não se mexeu. Os olhos tinham um aspecto de vidro, algo entre o doentio e o incrédulo. A paralisia durou pouco. As veias pulsaram quando ela rangeu os dentes e pensei que fossem explodir. De certa forma, explodiram. Mamãe agarrou meus cabelos e arrastou-me até o banheiro que, depois da partida de André, agora era só meu, pressionando minha cabeça na pia. Ela abriu a torneira e pegou o sabonete. Eu me debati em seus braços e, num movimento que durou segundos, o sabonete escorregou das mãos de mamãe e parou embaixo do meu pé esquerdo, desequilibrando-me por completo. Meu queixo foi de encontro ao mármore da pia. Perdi a ponta do canino e ganhei uma fenda na linha do maxilar. Foi sangue para todo lado.

Polaroides

Felipe Ferreira chegou a Porto Alegre no sábado de manhã. Fãs receberam o youtuber no aeroporto e uma repórter do *Zero Hora* fez perguntas genéricas sobre *Rosas de Romeo*. Felipe juntou-se ao elenco no Coral Tower pouco antes do almoço. Dois salões de eventos serviam de palco para os ensaios filmados, onde Wagner manuseava a câmera pessoalmente, embora Oscar tomasse as rédeas quando o diretor entrava em cena.

Blake reescrevia *Jardim de inverno* na casa dos tios, mas sofria para manter a concentração. Recebeu diversas fotos, a maioria enviadas por Gustavo, outras compartilhadas no grupo da equipe. Ana aparecia em algumas. Ela não respondeu às mensagens de Blake, mas não desistiu de acompanhar Mariel nas filmagens. O perfil em profundidade aconteceria, pelo jeito. À noite, seguiram para a casa de Bete e Marcos, onde um jantar fora organizado em homenagem a Felipe.

— Imagina, o menino não conhece ninguém na cidade — Bete disse para Blake na cozinha do casarão.

Blake duvidava que aquilo fosse verdade, mas não contradisse a tia, apenas bebeu um gole de água com gás. A noite de verão transformou o jantar em um churrasco ao ar livre. Marcos assaria a carne, mas contratou dois universitários para auxiliá-lo. A universitária com corte joãozinho e o rapaz de rabo de cavalo montaram as três mesas dobráveis no jardim, cobrindo-as com uma toalha de linho branco. O efeito era o de uma festa de noivado só para a família. Blake sentou em uma das cadeiras e admirou as folhas da árvore balançando com a brisa úmida do Guaíba. O rapaz perguntou se ela queria algo. Blake negou. Então ouviu a tia chamar seu nome e anunciar que Gustavo chegou junto dos pais, Ângela e Heitor, e do tal deputado. Não tardou até que Oscar, acompanhado do pai, também chamado Oscar, cumprimentassem a todos. Wagner e Agnes completaram o grupo.

— Mas cadê o convidado de honra? — tia Bete perguntou.

Agnes revirou os olhos antes de responder que ele e Mariel continuavam no hotel com "aquela repórter". Ela fez aspas no ar, como se tudo aquilo fosse uma grande brincadeira.

— A Ana? — Blake perguntou a contragosto.

— Isso, querida.

Ana não deu sinal de vida o dia inteiro, embora Blake acompanhasse seus passos pelos grupos de mensagens. Wagner comentou que Ana entrevistou o elenco durante os ensaios, incluindo ele próprio, o que por si só era um milagre. Ana costumava fingir que o tio não existia, mesmo que ele estivesse bem na sua frente. Ao ouvir isso, Blake sentiu um calafrio. Wagner continuava sem saber as verdadeiras intenções da sobrinha. Blake via isso em seu rosto.

— Ela se deu muito bem com o Felipe — Gustavo disse, abraçando a cintura de Blake.

As atenções migraram para Leônidas e seu assunto favorito: as eleições. O deputado defendeu as posições do seu partido, o PSDB, com estatísticas e relativismo moral. Tia Bete comentou que o melhor seria se não tivessem partido, no que Oscar pai discordou, pois a pluralidade de ideias era o cerne de uma democracia saudável. O deputado bateu palmas para o comentário. Esta era justamente a premissa por trás da aliança com o Partido Liberal. Gustavo pigarreou. Onde estava a pluralidade?

Eram níveis diferentes da mesma coisa. No mais, Lula voltaria, ele disse. Ângela mandou o filho buscar carvão na despensa.

— Jovens... você sabe como é — ela falou para Leônidas, como que se desculpando pelos modos do filho.

— Com o tempo, eles aprendem como as coisas funcionam — Leônidas respondeu, deixando que Marcos enchesse seu copo de cerveja.

Marcos serviu o primeiro corte de picanha. Assou pão de alho e pediu que o rapaz de rabo de cavalo passasse para os convidados. Quando serviram a linguiça toscana e o queijo coalho, Ana e Mariel chegaram acompanhadas do convidado de honra.

Felipe lembrava Dev Patel. Ao lado de Mariel, o par romântico de *Rosas de Romeo* formava um casal espelho. Viam-se no rosto de Mariel as feições de Felipe suavizadas nas bordas. Blake não conteve os olhares furtivos para o que descreveria como o epicentro do jantar, o ponto de onde emanava toda a beleza e vivacidade. A vida não é justa, ela pensou. E, para adicionar insulto à injúria, lá estava Ana, sentada entre os dois, tão envolvida na conversa como se ela própria fosse a força motriz por trás do encontro.

O trio conversava sobre carreira. Mariel contou que foi a timidez na adolescência que a levou ao teatro. Ela mal falava em ambientes com mais de três pessoas e, depois de um incidente na escola, Wagner sugeriu as artes cênicas.

— Foi amor à primeira vista.

— E você, Blake? — Felipe perguntou, esvaziando o copo de cerveja e colocando-o ao lado do prato. — Como virou roteirista?

— Alguma maldição de nascença.

Todos riram. Todos, menos Ana. Do outro lado da mesa, Leônidas explicava como a alta do dólar beneficiava a indústria agropecuária. Blake sinalizou para o rapaz de rabo de cavalo e pediu mais uma caipirosca. Ana evitava seu olhar. De fato, fingia que Blake sequer estava na sua frente, tão perto que era só esticar o braço para tocá-la. Depois de um segundo comentário ácido dela, Blake não aguentou mais.

— Eu já volto — sussurrou para Gustavo.

Na sua fúria reprimida, Blake não olhou para trás antes de levantar e colidiu com o universitário de rabo de cavalo. Ele carregava as bebidas numa bandeja. A caipirosca caiu na camisa de Blake e, depois, no chão. Blake pediu licença e atravessou a varanda, subindo as escadas até o segundo andar da casa, onde ficaria livre de tudo aquilo.

Quando desceu de volta, uma versão em inglês de *Garota de Ipanema* ressoava das caixas de som instaladas na sala de estar e na varanda. Na cozinha, Wagner passava café num coador de pano enquanto a dupla de universitários lavava a louça. Onde ele achou aquele coador, Blake podia apenas imaginar. Ela sentou numa das banquetas e serviu-se de um pedaço de pudim.

— Acho que nunca te vi de vestido — Wagner falou, elogiando a cor do tecido.

Blake ouviu risadas vindas do escritório. Os convidados dispersaram-se, exceto o trio embaixo da figueira. Wagner ofereceu-lhe café, servido numa das xícaras minúsculas penduradas ao lado da máquina de expresso.

— Como anda a reescrita de *Jardim de inverno*? — perguntou.

Blake engoliu um pedaço de pudim sem mastigar. Ia bem. Ainda relutava em explorar a relação de Camila e Ricardo como casal, mas os dois ganhavam um certo *je ne sais quoi* nas páginas. Wagner perguntou se ela escrevia todos os dias.

— Quase todos os dias.

— "Quase" não é bom o suficiente — ele disse, terminando seu café. Entregou a xícara e o pires para a moça de corte joãozinho. — Ainda mais num projeto de quatro milhões.

As mãos de Blake congelaram ao lado do prato.

— Quatro milhões?

— Quem sabe...

Wagner explicou que nada era certo, mas Leônidas animara-se com o projeto. O deputado insistiria nas pautas culturais com a Assembleia Legislativa até as eleições, quando esperava ocupar o cargo de governador. Isso, mais a recomendação dele e de Oscar, dava a *Jardim de inverno* chances reais de seguir para a produção com orçamento médio. Wagner mencionou uma atriz para interpretar Camila. Ela, também youtuber, era ainda mais famosa que Felipe. Blake ficou sem palavras. Wagner, por sua vez, deu a volta na bancada e dirigiu-se à sala de estar, para a qual a porta do escritório permanecia aberta.

Blake ficou imóvel, observando Wagner afastar-se mancando com as mãos no bolso. No segundo seguinte, fixou o olhar em Ana na mesa embaixo da figueira. O plano podia ser descrito como mirabolante. Absurdo. Nunca daria certo, isso era mais do que óbvio, mas Blake também não saberia o que fazer caso desse. Seu filme continuaria um eterno projeto em andamento...

Blake levantou de súbito. Chamou Wagner num sussurro, mas ele não ouviu de primeira. Ela chamou de novo, no que Wagner virou-se, olhando Blake com uma interrogação no rosto. Por que sussurrava? Ela subiu os degraus e parou na curva, abanando as mãos para chamar Wagner. Ele veio.

— O quê?

Camuflados no canto, portavam-se como conspiradores. Se Ana olhasse naquele momento, saberia, mas ela não olhou. Wagner repetiu a pergunta, a sensação de urgência contaminando-o por tabela. Blake respirou fundo.

— A reportagem da Ana não é sobre Mariel — ela disse, sentindo o frio do mármore subir dos pés descalços ao resto do corpo. — É sobre você.

8

Um bipe sonoro silencia o café por alguns segundos, momento em que todos se voltam para mim. Umedeço o lábio inferior e ajeito o cabelo. Dou um sorriso para as mulheres da mesa ao lado com um dar de ombros apologético, mas elas se ocupam da pizza de provolone sem fazer caso. Não fazem ideia de quem é Paula Santanella. Uma ninguém. As conversas seguem. Desbloqueio a tela do celular e, para minha surpresa, lá está o nome de Blake acima de uma mensagem de texto:

"A caminho."

A agitação toma conta de mim. Digito minha localização dentro do café, de forma que Blake possa ver minha mesa assim que entrar. Apago a mensagem. Quero observá-la sem a perturbação dos cumprimentos formais de quando se conhece alguém. Eu marquei a reunião, é certo, mas nunca a vi pessoalmente. Digito que estou aguardando, mas também deleto. Ela sabe onde estou, sabe que estou esperando. Não há necessidade de repetir. Envio apenas um "ok".

Fecho os olhos e movimento a cabeça, sentindo a rigidez do pescoço. Não sei há quanto tempo estou na mesma posição. Lá fora, a garoa cobre tudo com uma fina camada de água. As gotículas no vidro refletem as luzes do Majestic. Sem a tempestade, o movimento volta às ruas. Uma senhora passeando com um labrador cor de chocolate, uma criança com capa de joaninha pulando em poças na calçada e a fila de carros de todas as formas e cores. Uma jovem com piercing no umbigo grita que o safado do Adalberto não apareceu em casa. Todos voltam-se para a janela, à procura do Adalberto, mas tanto a moça quanto o safado não desenrolam o pequeno drama. Massageio o pescoço por alguns segundos e volto a ler.

Polaroides

Blake concordou em voltar ao apartamento só às três da tarde. Passados quarenta minutos do combinado, abriu a porta. Daegu pulou de uma caixa de papelão e enroscou-se em sua perna, miando enquanto caminhava entre a porta da cozinha e a da sala. Queria comida. O barulho de móveis arrastados no quarto a assustou. Ana ainda estava em casa. Daegu miou mais alto. Blake encostou a mala de rodinhas na parede e deixou a mochila em cima da bagagem. Verificou a hora na tela do celular. Três e quarenta e cinco.

— Vem, bichinho.

A comida da gata não estava embaixo da pia, onde sempre ficava. Sob os miados insistentes, Blake procurou o pote da ração mas não o achou em lugar nenhum. Ana empacotara tudo. Blake tirou um sashimi de frango do congelador e esquentou no micro-ondas. O cheiro enlouqueceu a gata, que acompanhava os movimentos circulares da vasilha através do vidro. O micro-ondas apitou.

— Bruna?

Ana equilibrava nos braços um edredom grosso amarrado com barbante, um cabo de vassoura cor-de-rosa e a caixa de transporte de Daegu.

— São dez para as quatro — Blake disse.

— Já?

Ana deixou as coisas no chão e conferiu o celular. Daegu miava, desesperada pelo frango. Blake abriu o micro-ondas e deixou que a gata comesse em cima da bancada. O silêncio tomou conta do apartamento. Não sabiam o que fazer. Encararam-se.

— Eu te ajudo — Blake ofereceu.

— Não — Ana respondeu, apoiando o corpo na porta. — Vou chamar o Uber.

Blake passou por ela e sentou à mesa, cruzou os braços e espiou pelo corredor. Ana não empacotou tudo, no final das contas. O escritório tinha livros empilhados até no peitoril da janela e plantas para todo lado, mas Blake não disse nada, pensando em como Ana organizaria a dinâmica de buscar as coisas depois. Assistiu em silêncio enquanto ela, caminhando em círculos, digitava e arrastava o dedo pela tela do celular. O Uber chegaria em cinco minutos, falou. Então, o motorista cancelou a viagem. O segundo, com tempo estimado de nove minutos, também desistiu da corrida. O terceiro estava na zona sul. Ana sentou no sofá.

— É a chuva — Blake disse.

— Pode ser.

Ana apoiou a cabeça numa almofada e fechou os olhos. Blake notou o movimento de seu tórax subindo e descendo em intervalos regulares. Exalou o ar mais uma vez. Abriu os olhos. A raiva continuava ali. Rangendo os dentes, como que tentando conter as palavras e evitar outra briga, deixou escapar que não acreditava no que Blake tinha feito. Blake suspirou, esfregando a testa com a ponta dos dedos. Talvez devesse esperar lá fora. Ana pigarreou.

— Covarde.

Blake levantou, tirou a carteira do bolso externo da mochila e pôs no bolso do blazer. Antes de sair, disse para Ana:

— Vê se não esquece a gata. — Apontou para Daegu, acomodada mais uma vez na caixa de papelão. — A coitada estava morrendo de fome.

Então, bateu a porta.

* * *

Blake caminhou até o Cine Guion embaixo da chuva. Sentou em um café da Nova Olaria e enxugou o rosto com um guardanapo. Pediu um cappuccino. Se não chovesse tanto, poderia caminhar até o Majestic. Quanto tempo será que Ana levaria para desocupar o apartamento? Decidiu mandar uma mensagem pedindo que ela avisasse. Ana respondeu com um "ok". Blake tirou o blazer, cuidando para não deixar a carteira sumir de vista. Sentia-se sufocada com a umidade excessiva naquele calor. A atendente trouxe o café.

Um cartaz fixado na entrada do Guion anunciava a semana de cinema sul-coreano. O filme do dia era *A criada*. Blake riu no momento em que levou o cappuccino à boca. Queimou os lábios e, no choque, derramou a bebida. Manchou o colarinho da camisa. Esfregou o tecido com a ponta dos dedos, os olhos inundaram-se de lágrimas. Então, desistiu de tudo e chorou. *A criada* foi o primeiro filme que viu com Ana, que se referia a ele apenas pelo título em inglês: *The Handmaiden*. Depois, quando aprendeu o alfabeto hangul, chamava-o de "아가씨", Agashi, o título original. Era seu filme favorito. Mais que *Parasita*. Mais que *Retrato de uma jovem em chamas*.

— O nome devia ser *A dama de companhia*.

Ana dissera nas primeiras semanas de pandemia, quando as duas sequer dividiam o apartamento. Nas dinâmicas de organizarem seus encontros de acordo com a agenda do vírus, juntaram os chinelos. Fomos um casal de quarentena, Blake pensou. Era apenas apropriado que agora, quando o mundo externo interferia na bolha, as coisas desandassem. Blake limpou a mesa com um amontoado de guardanapos de papel. Talvez devesse assistir ao filme. Foi então que seu celular tocou.

— Você vai? Estamos perto da sua casa, podemos te buscar. — Wagner perguntou no telefone. Sua voz ecoava com chiados ao fundo, típico de ligação no viva-voz.

Na agitação dos acontecimentos, esquecera-se do convite. Disse onde estava e, dez minutos depois, Wagner estacionou no meio-fio. Blake correu até a porta traseira. Cumprimentou Mariel, que estava no banco do passageiro.

— Dá para ver que minha camisa está manchada? Aqui no colarinho — Blake perguntou, afivelando o cinto no banco de trás.

Mariel virou-se para analisá-la.

— Se você puxar o blazer um pouco, não dá.

Não falaram mais nada até o Iberê Camargo. No ambiente rarefeito do museu, Blake sentiu-se melhor. Pediu licença e foi ao banheiro, onde lavou o rosto, ajeitou o cabelo o melhor que pôde e escondeu a mancha. As veias do globo ocular saltavam à vista, entregando duas opções: maconha ou choro. Fazer o quê? Blake alcançou Wagner e Mariel na galeria, onde apreciavam uma pintura a óleo com uma caveira bovina flutuando sobre a cidade.

— Lembra dele? — Wagner perguntou a Mariel. Quando ela balançou a cabeça, prosseguiu: — Daquele carnaval?

Mariel inclinou-se sobre o quadro e, imitando os movimentos do padrasto, deu um passo para trás. Soltou um "ah" alongado, como se agora recordasse. Blake desconfiou que a memória de Mariel permanecia no limbo, mas não disse nada. Inclinou-se para ler a etiqueta: *Boi-à-Serra sobre a Baixada Cuiabana, Mato Grosso*. A artista chamava-se Silvia Medeiros.

Deram uma volta completa na mostra artística do centro-oeste antes de ocuparem seus assentos na terceira fila. Os músicos cochichavam entre si. Um trompetista afinou seu instrumento. Wagner elogiou o maestro, colega dos seus tempos de faculdade. Blake comentou que Wagner tinha muitos amigos. Mais uma vez, ele riu. Estava de bom humor.

— A gente acumula amigos com a idade — explicou, enrolando o programa em tubo e encostando-o no joelho de Blake. — Pena que acumulamos óbitos também.

Mariel revirou os olhos. Apesar do comentário mórbido, o clima permanecia leve. A chuva parou e, pelas amplas janelas, a luz projetava sombras alongadas nas paredes. Uma senhora com o busto coberto de colares vermelhos enfiou-se no meio dos músicos. Apresentou o maestro. Mencionou o secretário. Agradeceu a presença de todos. Então retirou-se, dando lugar ao espetáculo.

A orquestra reduzida esforçou-se para compensar a falta de uma equipe maior. Blake fechou os olhos, achando a peça de uma intensidade excessiva. De início, sentiu o choro entalado na garganta, mas logo a sensação de limpeza substituiu a vertigem. A música carregava seus demônios para longe. Maravilhou-se com a descoberta, com a sensação de tristeza liquefeita em algo cremoso, algo que não tinha medo de encarar, do qual não queria fugir. Olhou para Wagner e sentiu-se grata. Internalizou a mensagem que lhe passava por acidente: nossos problemas tornam-se irrelevantes frente ao poder monumental da arte.

Era isso.

Wagner mostrava-lhe uma outra camada de realidade, uma camada onde as coisas realmente importavam e tinham significado. Mais que isso. Dizia que era ali que Blake tinha de estar. Então, no meio daquela gente toda, aconteceu com Blake o mesmo que comigo e Mariel.

Wagner tornou-se sinônimo de refúgio.

9

Blake entra no Majestic.
 O sino sobre a porta tilinta. Ela para no corredor, sacode o guarda-chuva e enrola-o numa capa plástica. Tira o sobretudo impermeável, revelando um conjunto preto sem adornos. Blusa de lã cinza. Coturno. Ela alisa o blazer e tira a máscara. Aceno. Ela não me vê; está perto, mas de costas para mim.
 — Blake? — Henrique chama, parando no meio do salão principal. — Não acredito!
 Blake vira e sorri ao reconhecer o amigo. Levanta os braços em arco, mas hesita. Podiam abraçar-se? Os dois mexem as mãos sem saber o que fazer. Então tocam-se nos punhos. Henrique pergunta como a amiga está e comenta o quanto mudou. Mal Blake responde, ele menciona o livro de Ana. Ruborizada, Blake desvia o olhar para os pés. Henrique não leu *Polaroides*, é claro. Rotina corrida, muito trabalho, o Majestic sempre cheio. O e-book continuava em uma pasta do computador.
 — Você leu?
 — Várias vezes — Blake confessa, enfiando as mãos nos bolsos. — É por isso que eu estou aqui, na verdade.
 Analiso sua expressão, procurando vestígios de ressentimento, mas não a enxergo com clareza. Blake está de perfil agora, metade do rosto fora do meu campo de visão, o corpo movimentando-se em um vaivém tão sutil que é quase imperceptível.

— Vai sair o impresso? — Henrique pergunta, abraçando a bandeja de prata. Ele escaneia o ambiente com o canto do olho, atento aos fregueses. — Ler no computador me dá dor de cabeça.

Blake dá de ombros. Não fala com Ana desde o casamento. Sabe apenas que o livro está inscrito num edital.

— Não acredito que a Ana casou.

— Pois é.

— E morando em São Paulo.

— Hum.

Henrique muda de assunto. Pergunta se Blake cumprimentou Isabela, ao que ela responde com um soco leve no braço do amigo. Mesmo por baixo da máscara, sei que Henrique está sorrindo. Ele insiste e Blake concorda. Os dois somem de vista. Não sabendo quanto tempo vão demorar, abro *Polaroides* na parte de que mais gosto: as filmagens.

Polaroides

Blake passou a manhã escrevendo.

A padaria do outro lado da rua não tinha a ambientação romântica do Majestic ou de cafés onde escritores trabalharam e fizeram a fama do lugar, tornando-os históricos. Café Tortoni, Les Deux Magots, Confeitaria Colombo. Aquilo não tinha chances de acontecer na Multipães. A manhã inteira, uma tal de Josefina reclamou da filha com o caixa. A adolescente faltava às aulas e só Deus sabe aonde ia. E se aparecesse grávida? Blake não considerou a conversa uma perda total. Incluiu os trajetos de dona Josefa na fala de uma personagem menor. Depois, silenciou o barulho externo com um fone de ouvido. Almoçou omelete de presunto e queijo. Não era tão bom quanto o de Ana, mas deu para o gasto. Terminou a terceira xícara de café pingado, chamou um Uber e mostrou a identidade no quiosque de entrada do Jardim Botânico. Não pagou o ingresso.

— Achei que você não vinha mais.

Com os cabelos enrolados em bobes, Mariel almoçava ao lado da mãe. O serviço de catering fora montado na cafeteria, onde a equipe comia estrogonofe com arroz branco e batata palha. Câmeras e pontos de luz rodeavam três vans com a logomarca da Pampa Produções. Agnes bebia um café e Wagner não estava em lugar nenhum.

— Meu turno é o da tarde.

Blake acenou para todos, embora não conhecesse ninguém.

Trocou um sorriso com uma mulher amamentando um bebê só de fraldas, deduzindo que era Luana, a assistente de som.

— É uma pena que a Ana não esteja aqui — Mariel disse. Blake gelou na cadeira. Como Wagner justificou essa ausência repentina? Mariel terminou de comer e pousou os talheres em X no prato. Então, perguntou: — Quando ela viaja?

Blake, ignorando a mentira em vigor, deu de ombros e perguntou por Wagner. Onde ele e Oscar estavam? Agnes pegou o iPhone da bolsa e, sem tirar os olhos do aparelho, respondeu que estavam gravando.

— A mesma cena a manhã inteira.

— Não é a mesma, mãe.

Romeo conduzia a trama com seis monólogos reflexivos sobre o amor e a morte. Blake sugerira que Wagner diminuísse aquelas cenas pela metade, usando a palavra "maçante" para descrever os solilóquios. Antes que perguntasse se era aquilo que filmavam, a jovem mãe aproximou-se.

— Você é que é a Blake, certo? — Luana usava um sling em volta do tórax, do qual brotavam as pernas e o topo da cabeça do bebê. — Eu pronunciei certo? É Blake mesmo?

— É sim.

Blake apertou as mãos de Luana e, embora estivessem de máscara, sentiu-se desconfortável com o beijo no rosto. Luana agradeceu do fundo do coração, comentando que, se não fosse por Blake, teria de desistir do audiovisual enquanto o filho dependesse dela. Os pais insistiam na docência, onde ela teria um salário razoável e estabilidade. Luana balançou a cabeça. Não aceitava a injustiça da situação, considerava seu dever persistir. O parceiro abriu mão da carreira por causa da paternidade? Claro que não. Era considerado um santo por aturar a mãe do filho zanzando em set de filmagem. Se Wagner não tivesse conversado com a família dela e assumido um papel de mentor, Luana estaria em casa naquele exato momento.

— Eles falam que set de filmagem não é lugar para um bebê.

Luana falava movendo o corpo de um lado para o outro. O filho adormeceu em seus braços no momento em que Wagner e Oscar voltaram para o almoço. Oscar engoliu a comida de uma só vez. Wagner beliscou o estrogonofe, tomou dois copos de café, deixou que a maquiadora retocasse seu rosto e, batendo palmas, disse que precisavam voltar ao trabalho. Atrasos no cronograma. A ordem do dia previra a gravação dos cinco monólogos durante a manhã. Gravaram quatro. Faltava um.

— Não eram seis? — Blake perguntou.

Wagner enchia o copo de plástico com a terceira rodada de café. Virou-se para ela, como se só agora notasse sua presença.

— Eu cortei um. — Assoprou a bebida. — Como você sugeriu.

Blake sorriu. Considerando como a primeira e única consultoria desenrolara-se, ela duvidou que Wagner acatasse suas sugestões. Queria saber o que mais ele mudou no roteiro, mas a maquiadora, franzindo os olhos, aproximou-se e olhou Wagner mais de perto. Pediu que ele tirasse os óculos e empoou seu rosto com um pincel felpudo. Depois, dando um tapinha no ombro, liberou-o. Wagner agradeceu. No momento seguinte, postou-se ao lado de Oscar para revisar a cena. Então, a equipe migrou para a estufa número três. Wagner ajoelhou-se no canteiro de rosas com um chapéu de palha na cabeça.

O diretor de fotografia instruiu um dos técnicos sobre como corrigir a sombra. Tentaram com um ponto de luz de baixo para cima, mas Robson só ficou satisfeito quando um refletor no lado oposto suavizou os traços de Wagner no monitor. Daquele ângulo, com aquela iluminação, ele parecia mais jovem. Pelo menos uns dez anos a menos, pensou Blake. Então, um homem com uma barba longa saindo pela beira da máscara descartável chegou dizendo que seu nome era Iuri. Blake analisou a camiseta do Iron Maiden e os converses surrados na cor vermelha. Apesar da roupa, devia ter no mínimo cinquenta anos.

— O diretor de som.

— Ah, sim — Blake falou, estendendo a mão.

Ele explicou em linhas gerais o que Blake devia fazer: segurar o boom na marcação, não invadir a tela e ser o mais silenciosa possível, pois qualquer ruído seria detectado pelo microfone.

Blake concordou. Iuri perguntou se ela não queria trocar de roupa. Blake espiou a calça de linho, a blusa azul de gola rulê e os oxfords sem salto. Não, sentia-se bem, ela disse. Iuri sugeriu que ela usasse sapatos confortáveis da próxima vez.

— Você vai ficar o dia todo na função. — Ele ergueu o pé para mostrar as solas de borracha do All Star surrado. — E aí não faz tanto barulho, tá ligado?

Ele ensinou a colocar o microfone individual na lapela de Wagner, de maneira que o aparelho e os fios ficassem invisíveis na imagem. No vai e vem de organizarem a cena seguinte, gastaram mais uma hora. Oscar gritou ação. Blake segurou o boom com um fone de ouvido nas orelhas. Procurava com tanta atenção ruídos estranhos que as palavras de Wagner sequer faziam sentido. Três takes depois, concluíram os monólogos. As gravações da manhã terminaram às quatro da tarde.

Wagner queria oito cenas para a montagem narrando o romance dos adolescentes. Naquele primeiro dia, filmariam o piquenique e o beijo. Graças ao atraso no cronograma, a hora dourada incidiria sobre o palco de madeira nos fundos do Jardim Botânico, onde os cenotécnicos apressaram-se em organizar um piquenique digno de moodboard do Pinterest: toalha xadrez vermelha, cesta de palha trançada, tábua de frios e, para completa descrença de Blake, uma garrafa de vinho rosé em taças de cristal.

Blake observava do gramado. Quem concebeu aquela ambientação sem um pingo de verossimilhança? Bebeu o café morno. Dênis tinha dezessete anos e Julieta, dezesseis. Não poderiam ingerir álcool de acordo com as leis, mas lá estava o rosé. Quando Mariel sentou na marcação, Blake escondeu o rosto atrás da mão. Como não rir? A garota usava um vestido branco com a saia rodada cheia de apliques.

— É um pouco demais, eu sei. — Wagner sentou ao lado de Blake. Seu rosto fora lavado e as roupas de Romeo substituídas pela calça cáqui e camisa social de sempre. Agora era Wagner, o diretor, não o ator.

— Parece um casamento.

— De certa forma, é.

Com a habilidade de um telepata, Wagner explicou que as cenas não apenas eram exageradas, mas deviam mesmo ser, pois representavam a concepção que Julieta tinha do amor. A romantização tornava-se inevitável. É algo que todos fazem, em especial a mente jovem, com sua tendência de transformar as lembranças boas numa espécie de nirvana enquanto os maus bocados assumem a proporção dantesca do inferno.

— Somos masoquistas — Wagner disse, cruzando as pernas e mudando o peso do corpo de lado. — Se fosse na vida real, aposto que eles nem pisariam aqui.

Blake concordou. Ela morava em Porto Alegre havia anos e a última vez que visitara o Jardim Botânico foi numa excursão da quinta série. Era apaixonada por um garoto chamado

Ricardo. Pensou em compartilhar a informação com Wagner, mas, antes que tivesse tempo, o produtor de set veio chamá-lo. A hora dourada chegava ao seu pico e não teriam muito tempo. A equipe rodeou Felipe e Mariel. Durante quarenta minutos, gravaram a cena de diversos ângulos. Não havia diálogo, tampouco seria necessário som ambiente, então Blake apenas observou. Quando o sol se pôs, achou que era o fim da primeira diária, mas ainda havia o beijo.

O beijo em si foi repetido dezoito vezes de cinco ângulos diferentes num túnel de luzes simulando o altar entre as árvores. A princípio, via-se o nervosismo de Mariel na rigidez do corpo. Quando Felipe a envolveu num abraço, ela ficou tão dura que Wagner cortou a cena e liberou a equipe para um intervalo. Mariel sentou na escadaria ao lado de Blake e abriu uma barra integral de maçã com granola, mordendo apenas a ponta. Perguntou o que Blake achou da cena. Blake tranquilizou a jovem atriz. Tudo estava lindo, como um casamento de verdade.

Mariel suspirou, massageando as têmporas. Enrijeceu outra vez quando Felipe sentou ao seu lado. Ele ignorou o nervosismo e compartilhou um vídeo de gato que achou na internet. Mariel riu. Uma piada atrás da outra, Felipe relaxou a colega. Encostou os dedos nos seus pulsos e, pela primeira vez, Mariel não recuou. Que ela gostava de Felipe era evidente, mas o que Felipe sentia? Blake ficou com a impressão de que ele sabia dos sentimentos de Mariel e fingia que não. Quando Mariel saiu para retocar a maquiagem, Felipe virou-se para Blake.

— A Ana já chegou em São Paulo?

Blake não disfarçou o espanto. São Paulo? Que história era aquela? Naquele momento, Wagner voltou ao seu lugar em frente ao monitor, dizendo que recomeçariam de onde pararam. Blake fez menção de levantar, mas sentiu algo na pele. O dedo de Felipe cobriu uma pinta que ela tinha no pulso esquerdo.

— Toda mulher tem essa pinta, sabia? — ele disse, deixando o indicador acompanhar o caminho das veias de Blake num movimento suave. — Dizem que vem de uma ancestral em comum.

Blake precisou de um momento para assimilar as palavras de Felipe, então liberou as escadas e ergueu o boom enquanto o rapaz e Mariel postaram-se na marcação. Ele sussurrou algo no ouvido da jovem. Ela riu. Nas cenas seguintes, já não estava mais nervosa.

Os outros dias daquela semana foram uma repetição do primeiro. Em um deles, a locação foi descrita como "quarto de Julieta". O endereço conduzia a um prédio que Blake não conhecia, mas ao chegar lá encontrou a equipe a pleno vapor. Sequer teve tempo de almoçar. Espremeu-se no quarto que, na verdade, não era pequeno, mas tornou-se diminuto com a presença de tantas pessoas, câmeras e luzes. Mariel, vestida de preto, os cabelos caindo sobre as costas em uma trança única, sentou na cama. O departamento de arte decorou as paredes amarelas com fotos que Gustavo tirou de Mariel e Felipe nos primeiros dias. Formavam um coração no painel metálico.

Wagner gritou ação.

Mariel levantou, parou na frente do painel, pegou uma foto. Nesse simples movimento, a equipe inteira deslocou-se, todos só de meias para evitar qualquer barulho. Robson operava a primeira câmera ao lado esquerdo de Mariel. Um assistente conduzia Robson pela cintura, evitando tropeços e movimentos bruscos. Oscar, na segunda câmera, registrava o plano master. Iuri alertou Blake das marcações no chão: se ela ultrapassasse qualquer uma das fitas, invadiria a imagem e teriam de cortar a cena. Ao mesmo tempo, precisava atentar para a altura do boom. Se segurasse o cabo baixo demais, invadiria a imagem. Alto demais e o microfone não captaria os suspiros de Mariel com a qualidade devida.

— Corta! Boom na tela! — Wagner gritou do outro cômodo, de onde assistia às cenas num monitor.

Blake sentiu um calafrio. Desculpou-se, mas, como ninguém lhe deu atenção, procurou o olhar de Iuri. Ele, notando o desconforto, tranquilizou-a. Aquelas coisas aconteciam. Era normal. Voltaram às posições iniciais. Blake conferiu as marcações no chão e enrijeceu o braço. Dessa vez, não erraria. A voz de Wagner ressoou do outro cômodo:

— Som?

Iuri apertou os fones no ouvido.

— Som ok!

— Claquete!

O claquetista posicionou-se entre as duas câmeras, gritou o número da cena e do take e correu para trás de Robson.

— Ação!

Mariel repetiu o movimento: levantar, parar na frente do painel, pegar a foto, exceto que, dessa vez, tropeçou em um fio. Ela olhou em volta, esperando o "corta", mas em vez disso Wagner mandou que a equipe mantivesse sua posição e Mariel recomeçasse a cena sem cortes. Repetiram nove vezes.

Durante o intervalo de quinze minutos, Blake agachou-se com as costas para a parede no ponto exato onde o ar condicionado batia e comeu uma bolacha molhada com um pouco de café, perguntando-se se a rigidez no pescoço tinha origem na fome ou no nervoso que passou ao errar a altura do boom. Terminou de comer e esticou as pernas. De onde estava, via Mariel, ainda na cama, roendo a unha do polegar direito e balançando o rosto pálido ao conversar em sussurros com Wagner. Blake ainda não sabia como julgar Mariel. Todas as cenas que gravaram até então não exigiam grande talento, eram mais espetáculo visual do que qualquer outra coisa. A próxima seria diferente. Julieta, recém-chegada do enterro de Dênis, chora a morte prematura do seu amor. Não era sem motivos que Mariel roía as unhas. Seu talento, ou falta dele, seria posto à prova.

— Não rói as unhas, Mari — Wagner sussurrou, puxando as mãos de Mariel da boca da garota e dizendo que precisaria de uma manicure. — Não fica bem assim.

Ele levantou, dizendo que começariam quando ela estivesse pronta. Mariel, apesar de indecisa, disse que estava. A equipe no quarto reduzira-se ao mínimo necessário, com apenas Robson e Blake próximos da jovem durante a cena. Robson falou palavras tão reconfortantes que até Blake sentiu-se acolhida.

Mariel assentiu e voltou-se para Blake. Sem saber o que dizer, ela apenas sorriu. Mariel retribuiu e, em seguida, suspirou. Wagner gritou do outro cômodo e todos assumiram suas posições. O produtor de set desligou o ar e as luzes do quarto, deixando apenas os pontos com filtro iluminando o rosto de Mariel. O claquetista posicionou-se de frente para as câmeras. Bateu a claquete. Wagner gritou ação. A princípio, o silêncio absoluto envolveu um grande nada. Mariel olhava a foto dela e de Felipe com o rosto imóvel. Sequer respirava. Um ou dois minutos passaram-se dessa forma. Ela inspirou. Expirou. O rosto franziu levemente, as lágrimas acumulando-se nos cantos dos olhos, até que uma delas escorreu pela bochecha. Mariel corou, as veias avermelharam-se. No momento seguinte, chorava como se, de fato, tivesse perdido seu grande amor. Ouviam-se apenas seus soluços pelo set. Wagner gritou corta e, no segundo take, Mariel entregou-se ainda mais à dor. Nas duas vezes seguintes também. Foram, ao todo, cinco takes durante os quais a jovem atriz não se deixou afetar pelas interrupções para trocar a bateria da câmera, ajustar o foco, experimentar outra luz ou empoar o rosto. Depois do último "corta!", todos aplaudiram. Blake bateu palmas com admiração genuína.

Porto Alegre, 1994

A comparação soa tola na minha cabeça e, fosse Julieta uma pessoa real, eu jamais a faria. Em se tratando de uma criação de Wagner, posso dizer que compartilhei o sentimento de luto da adolescente pouco depois de voltar para a casa da minha vó. Era bom estar de volta. Sentia falta do meu quarto, do silêncio e, principalmente, de Pongo. Tínhamos o quintal todo só para nós e vovó permitia passeios pelo quarteirão no fim da tarde. O que ela não sabia, no entanto, é que eu e Pongo caminhávamos os cinco blocos até a casa de Alexandra todos os dias. Aquele beijo na festa de Natal intensificou-se, escalou para além da boca e a simples imagem mental dos nossos encontros secretos revirava meu estômago. Nunca me senti tão viva.

Minha mãe visitou algumas vezes. Ela conversou com vovó, mas nenhuma das conversas chegou até mim. Vovó apenas me olhava com uma ruga no meio da testa e não dizia nada. Um dia, as duas faziam um bolo de laranja na cozinha enquanto eu jogava Pac-Man no Nintendo com André. Entre uma partida e outra, meu irmão olhou da tela da TV para mim e depois para a TV de novo, até que finalmente perguntou:

— Por que vocês brigaram? — Ele pausou o jogo. — Você e a mãe?

Em alguns dias eu tiraria os sete pontos que levara no queixo, mas mamãe escondia de todos o motivo da briga. Se André não sabia, então é certo que Wagner também não.

Dividida entre a minha vontade de confessar e o desejo de esquecer, apenas disse:

— Você sabe como a mãe é.

André concordou.

— Sei...

Minha vó mandou que desligássemos o videogame. Minha mãe despediu-se antes do almoço, dando a desculpa de que precisava voltar para os ensaios de final de ano, pois o recital de suas bailarinas seria naquela semana. Depois, eu e André sentamos com nossos avós para almoçar. Por um bom tempo, ouviam-se apenas os talheres batendo no prato. Então, minha vó disse:

— Quando você terminar de comer nós vamos na costureira. — Apontou o garfo para mim. Perguntei por quê, ao que ela respondeu: — Para ajustar seus uniformes.

— Minha escola não tem uniforme — falei, enchendo meu copo com suco de uva.

Só então vovó revelou que, durante esse tempo todo, ela e minha mãe decidiram que seria melhor eu mudar de escola. A matrícula estava feita e o uniforme comprado. Precisava só de um ajuste, coisa que resolveríamos depois do almoço.

— Qual escola?

— A Sagrado Coração de Jesus — vovó disse. Então, tirou o bolo de laranja com cobertura de chocolate do forno e pôs na mesa. — Quer um pedaço?

Passei a tarde agonizando. Alexandra viajaria no dia seguinte para a praia do Laranjal, onde ficaria o mês inteiro. Meu plano era passear com Pongo mais cedo e entregar uma carta de despedida. Isso e, também, deixar a lembrança de mim vívida nos lábios dela. Inventei o pretexto, ensaiei minhas desculpas, mas a visita à costureira estragou meus planos. Demorasse mais um pouco, sequer veria Alexandra por meia hora. Minha vó gritou comigo na frente de dona Carmen porque eu balançava a perna sem parar e duas vezes a costureira teve de deixar a bengala de lado para recuperar os alfinetes que caíram da saia. Na volta para casa, minha vó passou no banco e no posto de gasolina. Demorava de propósito, só podia. Eu estava prestes a ter um ataque de nervos quando ela estacionou o carro na garagem. Corri até a coleira de Pongo e ele, entendendo o ritual do passeio, agitou-se tanto quanto eu.

— Aonde a senhorita pensa que vai? — vovó perguntou, deixando a chave na vasilha ao lado da porta e pendurando a bolsa no gancho. — Já está tarde.

Pongo pulava entre nós, dificultando o processo de fechar o gancho da guia no peitoral da coleira.

— O bicho não tem culpa.

Ela ergueu as sobrancelhas. Por um momento, achei que proibiria nossa caminhada. Por fim, deu-nos meia hora.

— Não quero você andando sozinha à noite, entendeu?

Corri os cinco blocos até a casa de Alexandra. Ela esperava no nosso ponto de encontro, uma pracinha atrás do sobrado onde tinha um escorregador e balanços embaixo das tipuanas. Quando me viu, levantou de um dos balanços.

— Eu achei que você não vinha mais!

Me joguei em seus braços e chorei. Alexandra perguntou qual era o problema enquanto Pongo farejava a barra de suas calças. Contei da escola católica, do uniforme, dos atrasos propositais de minha avó. Ela sabia. Eu tinha certeza que ela sabia e agora se unia à minha mãe para nos separar. Alexandra não se deixou abalar. Disse que eu continuaria na casa de vovó e, por mais que perdêssemos nossos momentos na escola, ainda tínhamos a pracinha. Sentamos lado a lado no balanço. Deixei a guia esticar-se metros à frente para que Pongo esfregasse o corpo no tronco de uma árvore.

— Você vai embora amanhã — eu disse.

— Eu não vou embora para sempre — Alexandra falou, frisando que a viagem não significava um adeus.

— Um mês é muito tempo.

— Passa rápido.

Como sempre, perdemos a noção do tempo com conversas e beijos furtivos atrás do escorregador. Só me dei conta da hora quando acenderam as luzes dos postes. Teria de voltar no escuro e, se Pongo não estivesse comigo, talvez não me arriscasse. Alexandra acompanhou-nos até o quarteirão seguinte.

— Acho que...

Ela entrelaçou os dedos nos meus e eu segurei o choro para não estragar nossos últimos minutos juntas. No final das contas ela não disse o que achava, apenas me beijou. Então, um farol brilhou forte em cima de nós. Por um momento, achei que um motorista desavisado perguntaria o caminho ou o nome da rua, mas, quando meus olhos ajustaram-se à claridade, vi que era o carro da minha avó.

No dia de tirar os pontos, foi mamãe que me levou ao hospital. Mais uma vez, insistiu que eu voltasse para casa, mas eu não quis saber. Já perdera a escola, não perderia a pracinha também. Eu balançava os pés na maca, esperando que a médica descosturasse meu maxilar. Quando terminou, mamãe agachou-se na minha frente e, daquele seu jeito invasivo, segurou meu rosto e o virou de um lado para o outro.

— Vai ficar novinha em folha — falou, suspirando com as mãos no peito.

— Eu queria uma cicatriz.

Ela balançou a cabeça, incapaz de não ceder às minhas provocações. Encontramos Wagner, que aguardava na sala de espera e, juntos, paramos numa sorveteria. Comemos em silêncio por um tempo. Minha mãe perguntou de André. Respondi em monossílabos. Bem. Estudando. Trabalhando. Nada demais. Ela deu uma cotovelada em Wagner, mexeu a cabeça com os olhos arregalados e apontou na minha direção, como se tivesse um tique nervoso.

— Ah! Vou começar minha próxima peça — Wagner falou, como se só agora lembrasse do assunto.

Mamãe revirou os olhos e deixou as mãos caírem na mesa com um baque.

— A outra coisa, meu bem.

Ele olhou para mim sem realmente me olhar.

— Nós vamos para Torres semana que vem.

Forcei um sorriso e voltei ao meu sorvete, comentando sem nenhum entusiasmo que alguns dias na praia seriam bons para eles espairecerem.

— Já separa suas roupas e faz uma lista do que você precisa lá de casa — minha mãe disse, limpando a boca com um guardanapo de papel.

O que se seguiu foi mais uma briga, não muito diferente de todas as outras. Bati os pés, insisti que não iria e, ao chegar na casa da minha vó, tranquei a porta do quarto. Pensei que vovó ficaria do meu lado como sempre, mas ela foi categórica: eu iria com minha mãe. Fim de discussão.

10

— Paula?

Levanto o olhar do meu iPad e vejo Blake parada à minha frente. Demoro um minuto para registrar que aquela pessoa é a mesma sobre quem estive lendo nas últimas horas. Murmuro um olá. Então, levanto.

— Como vai?

— Desculpa, eu tirei a máscara para beber água e...

Antes que ela termine a frase, balanço as mãos e digo que não há problema. Removo a máscara. Blake senta na cadeira à minha frente e fica em silêncio. Henrique posta-se entre nós.

— Essa é Paula Santanella — Blake diz para o amigo, apontando na minha direção. — Ela é...

— Eu sei quem ela é — Henrique interrompe, sorrindo para mim. — Sobrevivemos a um apagão.

— E ele sabe da minha preferência por expressos — complemento.

Henrique sorri daquele jeito que já vi inúmeras vezes: o sorriso tímido antes de confessar que assistiu a alguns dos meus trabalhos. Geralmente, *Anita & Giuseppe*. Não deu outra. Ele conta que assistiu a todos os capítulos reprisados junto com a avó. A risada sonora de Blake ecoa pelo café.

— Eu também!

O assunto encerra-se quando um cliente de outra mesa acena para Henrique. Ele pergunta se queremos alguma coisa.

Mais um expresso, talvez? Olho para Blake. Ela escaneia o menu sem realmente olhar as opções.

— Quero um cappuccino.

— Dois.

Momentos depois, Henrique traz os cafés decorados com um coração de espuma no meio. Blake rasga o pacote de açúcar e despeja na beirada da xícara, cuidando para não desmanchar a figura. Ela hesita em usar a colher, olhando o desenho por mais um momento antes de desfazê-lo por completo. Toma um gole e então se vira para mim:

— Como você ficou sabendo de *Polaroides*?

Polaroides

Era o último dia de Felipe no set.

Ele e Mariel gravariam um diálogo intenso no qual os jovens amantes juram amor eterno. Na ficção, Dênis morreria mais tarde. Na vida real, Felipe pegaria um avião no aeroporto Salgado Filho no dia seguinte.

O Majestic, fechado para o público, ganhava ares de estúdio com os equipamentos a postos no salão vermelho, onde fotografias emolduradas cobriam as paredes cor de vinho. Quando Blake chegou, cerca de uma hora mais cedo que o usual, Mariel e Felipe discutiam opções de roupas com a figurinista. Wagner conversava com Robson sobre os melhores ângulos e Oscar folheava um roteiro na mesma mesa em que me sento agora, a mesa de frente para as janelas em arco. O roteiro era o novo tratamento de *Jardim de inverno*. Blake sentou com ele.

— Terminou de ler? — Blake perguntou, tirando o computador da mochila.

Oscar apenas suspirou, o que fez Blake congelar enquanto abria o notebook. Ou Oscar não leu, o que era muito provável, ou pior: leu e não gostou.

— Eu li hoje de manhã.

Blake abriu o arquivo de *Jardim de inverno* e um bloco de notas, sentindo-se irritada por antecipação. O que ele queria, afinal? Ela escreveu o roteiro, o roteiro foi selecionado, ela reescreveu a história duas vezes, acrescentou Ricardo, deu ao irmão caçula do poeta uma linha narrativa paralela à de Camila e até inseriu momentos ambíguos entre os dois. Tinha vontade de gritar: quem diabos Oscar pensava que era? Em vez disso, umedeceu os lábios e esperou. Como Oscar continuava em silêncio, perguntou:

— E então?

Oscar ajeitou-se na cadeira e disse para esperarem por Wagner, que também leu a nova versão e tinha sugestões a fazer. Blake escaneou o Majestic. Wagner continuava no outro salão. Fazia um retângulo com os dedos e o movia em pontos diferentes, guiando o olhar de Robson. Depois de um momento, reparou que era observado. Pediu licença e sentou com Oscar e Blake. Em seguida, o gerente de produção veio com um problema do catering. Depois, foi a vez de Iuri com uma emergência na troca de microfone e, por fim, Wagner saiu para pegar café. Quando voltou, Blake estava impaciente. Wagner e Oscar entreolharam-se. Limpando a garganta, Oscar bateu os dedos no tampo da mesa e disse:

— Eu ainda acho que o melhor seria trazermos um corroteirista para o projeto.

A frase fez Blake entrar numa névoa de semipercepção. Ela via Oscar, mas seu rosto desfocado emitia sons em picos de alto e baixo difíceis de compreender. Captou frases-chave: ela continuaria sendo a roteirista principal, a base da história permaneceria a mesma, mas uma pessoa de fora traria um olhar fresco para o desenvolvimento da trama. Não tinham nada a perder, só a ganhar. A nova versão apresentava melhoras, era evidente, mas ainda sofria de alguns problemas. Camila, mais carismática na reescrita, continuava uma personagem com quem o espectador custaria a ter empatia. Ricardo era uma folha solta, e o poeta, a sombra que sempre fora. Blake passou as mãos pelo pescoço. Sentiu a palma molhada de suor.

— Tem uma empresa de São Paulo que presta esse tipo de serviço — Oscar disse e, quando Wagner citou o nome, ele concordou de pronto: — Essa mesmo.

— Trabalhei com eles em *Morte e vida severina* — Wagner falou, comentando que o chefe do departamento de roteiro era um homem experiente.

Continuaram assim, citando nomes de possíveis roteiristas para *Jardim de inverno*. Até abriram o site da empresa para ver a equipe de efetivos. Quando notaram o silêncio de Blake, viraram-se. Ela apresentava uma expressão indecifrável no rosto, o único indício de que prestava atenção era o movimento dos olhos.

— Blake?

— Você ouviu?

Ela enxugou a testa com a manga da blusa. Não sabendo o que dizer, permaneceu em silêncio, balançando a cabeça no automático até que eles mudaram o assunto para a viagem a Torres. Para amenizar o golpe ou quem sabe por uma necessidade genuína, Wagner incluiu Blake na viagem, sem espaço para negociações. Ela iria, era certo, e ficaria com Gustavo na casa dos tios do rapaz, que, por coincidência, era vizinha à de Wagner. Blake não disse nada.

Naquela tarde, Wagner cortou a cena três vezes por causa do boom na tela. Depois da terceira ocorrência, Iuri olhou para Blake com as sobrancelhas franzidas e perguntou se ela estava bem. Blake disse que a distração devia-se a um cansaço, nada mais, mas se perguntassem a ela sobre o que era a cena entre Mariel e Felipe não saberia dizer. Lembrava da expressão séria de Mariel, do casal com as mãos dadas por cima da mesa, vozes sussurrando sabe-se lá que juras de amor. Blake usava os fones de ouvido, tinha acesso direto ao roteiro, mas a mente divagava.

— Ficou bom? — Mariel perguntou em um dos intervalos. Blake demorou a entender que falavam com ela e, no automático, respondeu que sim. Foi então que Mariel mencionou a despedida de Felipe depois das gravações, em um bar da Cidade Baixa. — Vamos?

Blake deu de ombros, sem dizer nem que sim nem que não. Retomaram as gravações, repetindo a cena no salão azul e, por fim, entre as janelas em arco. A luz do sol desapareceu do horizonte e os postes iluminaram a rua. Iuri, notando o incômodo de Blake, sugeriu que ela tomasse um ar. Sem pensar, ela dirigiu-se à porta e saiu caminhando sem rumo, mas, antes que virasse à direita na esquina, ouviu alguém chamando seu nome. Era Gustavo.

— Aonde você vai?

— O quê?

Gustavo acariciou os braços de Blake como se ela estivesse com frio. Só então Blake notou que abraçava o próprio corpo e a pessoa com quem falava era, de fato, seu namorado. Seus olhos lacrimejaram.

— Ei... — Gustavo a puxou para si, afastando a bolsa com a máquina fotográfica de lado. — O que aconteceu?

Blake limpou as lágrimas.

— Dor de cabeça.

Gustavo repetiu a pergunta inúmeras vezes e, em todas elas, Blake respondeu a mesma coisa. Aceitou a dipirona que o gerente de produção ofereceu e voltou para as gravações. Disse que iria na despedida de Felipe, mas sua expressão indicava que ela estava no set só de corpo. Não prestava atenção no que lhe diziam, balançando a cabeça no automático e respondendo "sim" para tudo. De fato, Blake estava em outro lugar. A todo momento, visualizava o site da empresa de roteiros em sua mente. Seu roteiro, sua obra suada na qual gastou tanto esforço e energia, viraria uma coisa padronizada nas mãos de uma empresa. Um biscoito feito com a fôrma que deu origem a milhares de outros exatamente iguais. Qual o sentido, então? Para que continuar, se estar ali não fazia a menor diferença? Quando encerraram, Mariel reiterou o convite para a despedida de Felipe. Gustavo tinha um jantar com Leônidas e membros do partido, mas insistiu que Blake fosse. Sem pensar, ela disse que sim. Quando todos saíram, ela foi junto, racionalizando que, pelo menos, afogaria aquela angústia na tequila.

— Está melhor? — Felipe perguntou a Blake, inclinando-se sobre a mesa do bar para sussurrar bem perto do seu ouvido. — A dor de cabeça passou?

Blake fez que sim. De fato, sentia-se tão bem que pediu um uísque. Depois outro e, quando o grupo migrou para o Dirty Old Man, tomou uma pilsen de meio litro.

O bar estava lotado. Depois de um tempo, o grupo migrou para a calçada, onde pessoas enfileiravam-se ao longo de toda a Lima e Silva tal qual estavam no Ano-Novo. Problematizavam a diferença de idade entre as personagens de *Rosas de Romeo*. Mariel disse que não se importava, mas que entendia o precedente. Era um clichê narrativo. Blake discordou. Mais que clichê narrativo, era uma ferramenta predatória diluída em uma megaestrutura de poder.

Foi então que o celular de Mariel tocou. Ela afastou-se, discutindo enquanto gesticulava com as mãos. Bateu o pé na calçada. Jogou a cabeça para trás quando a ligação terminou, fechando os olhos no auge do drama.

— Eu tenho que ir — ela anunciou, olhando de esguelha para Felipe. Explicou: — Tenho uma cena às sete da manhã.

Dez minutos depois, Wagner e Agnes estacionaram no meio-fio. Deram boa-noite a todos e chamaram Mariel. Contrariada, ela despediu-se do grupo e desejou boa viagem a Felipe. Então, foi embora. Em seguida, Luana disse que precisava voltar para o filho e o marido e, aos poucos, o grupo minguou até restarem apenas Felipe e Blake.

A temperatura caiu e Blake, mesmo de manga comprida, esfregou os braços. Felipe aproximou-se demais e Blake inalou o aroma impregnado na sua camisa de flanela. De repente, sentia-se tão viva quanto a cidade. A maldita empresa de roteiros ficou em segundo plano. Ela sugeriu que eles caminhassem até uma distribuidora a dois quarteirões de onde estavam. Na esquina com os muros pichados de amarelo, Felipe beijou Blake. Ela, inebriada pelo álcool e pelo cheiro de colônia, entregou-se ao momento. Depois disse que precisava ir embora, mas não queria ir sozinha:

— Vem comigo.

Felipe hesitou.

— Você não bebeu um pouco demais?

Blake garantiu que não, sentia-se perfeitamente bem. Bebeu, sim, mas não a ponto de perder o discernimento. Felipe chamou o Uber. Com os dedos entrelaçados nos dele, Blake esqueceu da reunião, da empresa de São Paulo, de tudo.

O celular tocou às sete da manhã. Pensando ser o despertador, Blake jogou os braços na mesa de cabeceira para bater o dedo na tela. Então, viu o nome de Ana. Com o olhar embaçado, sentou-se, silenciando o toque do aparelho e olhando-o por um tempo.

— Já são sete horas? — Felipe perguntou com a voz embargada.

Blake esfregou as têmporas. Felipe esticou-se na cama, dizendo que precisava voltar ao hotel antes de ir para o aeroporto. Será que Blake se importava de ele tomar um banho? Ela disse que não. Felipe levantou, deu um beijo na bochecha de Blake e entrou no banheiro. O celular tocou de novo. O que Ana queria uma hora dessas? Blake apertou o botão verde.

— Oi, sou eu — Blake disse, balançando a cabeça ao notar a obviedade da constatação. É claro que era ela, quem mais seria? Prosseguiu: — Está tudo bem? O que aconteceu?

Ana limpou a garganta do jeito que fazia quando algo, de fato, tinha acontecido. Daegu não se adaptara à casa nova. A semana findou, Ana tentou de tudo, mas a gata passava os dias no forro do sofá e as noites miando pela cozinha. Ana preocupava-se com a privação de sono da avó idosa. Daegu queria seu ambiente de sempre, era óbvio.

— Posso passar aí? — Ana perguntou. — Estou perto.

— Agora?

— Sim, estou de carona.

O que Ana pensaria se soubesse de Felipe? Se chegasse agora, eles com certeza se encontrariam. Mais uma vez, Blake balançou a cabeça. De que importava? Ela e Ana terminaram.

— Blake? Está aí?

— Pode vir.

Blake sentou no sofá da sala com o celular nas mãos e olhou o corredor, de onde se ouvia o barulho do chuveiro. Então, levantou e pôs a água para ferver na cafeteira italiana com três medidas de café. O café ficou pronto no momento em que seu celular apitou. Ana estava subindo. Quando Blake abriu a porta, ela entrou na sala, deixou a caixa de transporte no chão e abriu a grade. Daegu inclinou o peso do corpo sobre as patas dianteiras, pondo uma por vez no chão de taco enquanto farejava os arredores. Com cautela, deu uma volta entre as pernas de Blake e Ana. Depois, caminhou com o corpo abaixado, como se caçasse algo. Por fim, saltou no sofá e afofou uma das almofadas, instalando-se em seu lugar favorito.

— Eu acho que é o cheiro do Pitu que atrapalhou a adaptação — Ana disse, referindo-se ao cachorro de sua avó.

Blake murmurou concordando, ambas olhando a gata, que também as observava. Nesse momento, Felipe saiu do banheiro com a tolha na cintura. Tinha os olhos fundos e, mesmo de banho tomado, o cansaço de uma noite maldormida era evidente. Ainda assim, cumprimentou Ana de longe, perguntou da viagem, disse que sentiu sua falta no set e pediu licença para trocar de roupa. Ana não pronunciou uma única palavra. Blake pôs as mãos na cintura e apertou a camiseta do pijama que, só agora notava, pertencia a Ana. Ela ergueu o olhar.

— Quer café?

Blake pegou a cafeteira e três xícaras. Serviu duas. Ofereceu açúcar, mas Ana preferiu adoçante. Sentaram-se em silêncio.

— A gente podia ter combinado um horário melhor — Blake falou.

— Para eu não encontrar o Felipe na sua cama?

Blake olhou para os pés, julgando inútil qualquer afirmação contrária ao fato de que, minutos atrás, a cama era exatamente onde ele estava.

— Não — Blake disse, assoprando o café quente demais.

— Para não atrapalhar seu expediente.

— Eu fui demitida.

Blake ergueu a cabeça.

— O quê? — perguntou, arregalando os olhos. — Por quê?

Ana deu de ombros. Alegaram corte de gastos, justificando que a pandemia intensificou ainda mais as dificuldades financeiras do grupo de comunicação. Ninguém comentou o fato de que Ana, com seu salário reduzido duas vezes nos últimos seis meses, fora a única a perder o emprego no enxugão da empresa. Blake engoliu em seco.

— Você acha que... — começou, mas não concluiu a frase. Ana, no entanto, entendeu.

— Eu acho que sim — ela disse, levantando-se da cadeira e ajeitando a jaqueta no ombro. — Mas o que eu acho é irrelevante.

Depois do jantar na casa de Bete e Marcos, Wagner nunca mais tocara no nome de Ana. Blake presumiu que ela fora banida do set, mas nada além disso. Nunca lhe ocorreu que Wagner pudesse prejudicá-la fora daquela bolha. Mas agora, pensando bem, se ele descobriu que Ana investigava seus processos e procurava evidenciar furos e negligências, medidas drásticas tornavam-se necessárias. No mais, Wagner não descobriu nada. Foi Blake quem dedurou a ex-namorada.

— Ele não faria isso — Blake disse, embora não acreditasse em suas palavras.

Era o tipo de coisa que Wagner faria, sim. Quem garantia que a ideia de um corroteirista para *Jardim de inverno* não fora dele? Ele conhecia muita gente. Gente demais, até. E se o dono do site onde Ana trabalhava fosse seu amigo? Todo mundo se conhecia em Porto Alegre, fosse na amizade, fosse no desafeto. Ana caminhou até Daegu.

— Eu falei a mesma coisa de você. — Ana acariciou a cabeça da gata. — E cá estamos.

Felipe voltou à sala, dizendo que precisava chamar um Uber e passar no hotel antes que perdesse o voo. Ofereceu uma carona a Ana, que recusou. Seu pai esperava estacionado no meio-fio. Foi então que ela se ofereceu para deixá-lo no hotel a caminho da casa dos pais. Felipe aceitou e ambos saíram juntos, as vozes ecoando pelo corredor do prédio. Blake trancou a porta e olhou para Daegu. A gata ronronava.

11

Descobri *Polaroides*, um livrinho digital de 124 páginas com três avaliações na Goodreads, através de um Google Alert. De acordo com uma nota publicada na edição de domingo do jornal-de-prestígio de São Paulo, a história era sobre os bastidores do filme *O despertar de Julieta*, escrito, dirigido e estrelado por Isaque Montzel. Na biografia de Montzel, além dos processos, mencionaram um dos seus principais papéis: Giuseppe Garibaldi. Meu nome apareceu em seguida.

Procurei *Polaroides* no site da editoria e, R$ 5,99 depois, comecei a leitura. Não tive dúvidas: *Rosas de Romeo* era *O despertar de Julieta*, Wagner Capelli era Isaque Montzel, Oscar Capelli Filho era Eduardo Montzel Filho e a pavorosa Pampa Produções o *doppelgänger* do Grupo Farrapos. Desconfiei que Ana Trindade Capelli era o alter ego da autora, Jéssica Evaristo Montzel. No jornal, Jéssica omitiu o Montzel de sua assinatura. Pesquisando no Google, achei suas redes sociais e enviei uma mensagem pedindo uma reunião. Daí em diante, foi fácil desenterrar o passado dela com o único nome inalterado entre a ficção e a realidade: o de Blake. Jéssica mandou que eu conversasse com Blake, não com ela, sobre a possibilidade de uma adaptação para o cinema.

— Não sei — Blake diz quando pergunto sobre sua reação ao descobrir a obra. Brincando, acrescenta: — É aquele clichê de provar do próprio veneno. Meio amargo, eu acho.

Rio de sua piada, imaginando as reações.

— Mas é uma obra de ficção — eu digo, esperando que ela conte mais.

Blake suspira.

— Sim. — Ela pega um guardanapo de papel e limpa o canto dos olhos, como se imaginasse que o lápis preto estivesse borrado. — Ana sempre teve o talento de cutucar onde dói.

Concordo, deixando o assunto de lado. Mesmo assim, ainda me pergunto: como Blake reagiu de verdade? E Isaque? Salvo engano, ele nunca se tornou material de ficção nas mãos de outra pessoa. Ana — ou Jéssica — foi a primeira a revidar à altura. Tenho certeza de que ele negará conhecimento da obra se for questionado. De fato, li uma entrevista em que o livro é mencionado de passagem e Isaque apenas respondeu que não conhecia *Polaroides*, mas que acrescentaria à sua lista de leitura. Nada mais. Isaque. Wagner. Para fins de continuidade, adotarei os nomes fictícios. Eu, também, não quero ser processada.

Blake ajeita-se na cadeira e bebe mais do cappuccino. Pergunta como eu tenho tanta certeza de quem é quem. Ela, é claro, sabe do meu envolvimento com Wagner, mas não está claro o quanto conhece do meu histórico, então respondo:

— Mesmo depois de todos esses anos, é fácil reconhecer meu padrasto.

Blake balança a cabeça, sorrindo daquela forma que as pessoas fazem quando são assaltadas por memórias passadas. Memórias de derrota, de erro, algo vergonhoso que prefeririam esquecer.

— Ele foi seu padrasto — ela diz, assentindo. Talvez seja uma pergunta, embora seu tom constatasse aquilo como uma verdade tragicômica.

— Não oficialmente.

Blake tira as mãos da mesa e as pousa no colo, brincando com o anel prateado no indicador esquerdo.

— A Ana tinha razão — ela diz, batendo as mãos na coxa e erguendo o olhar para me encarar. — Sobre padrões.

Por pouco, não respondo que sim, mais do que ela podia imaginar. Por anos, assisti a cenas da minha adolescência repetirem-se em filmes e novelas, sempre com distorções grotescas do que de fato aconteceu. A distorção, Wagner retrucou da primeira vez que o questionei sobre o assunto, chamava-se arte. Mais especificamente, a arte da ficção. Isso foi no primeiro trabalho posterior a *Anita & Giuseppe*, um filme à beira-mar com as mesmas personagens de sempre na cidade que Wagner tanto amava. A cidade? Torres. Sempre Torres.

Torres, 1995

Cheguei a Torres na véspera dos meus quinze anos.
 Ficamos na casa de Adriana, amiga de Wagner que decidiu passar suas férias em Malta. Deixei minha mochila no sofá e andei pela casa, boquiaberta diante da varanda rodeada de paredões com vista para o mar, mas fiz questão de esconder o entusiasmo. Não queria que mamãe pensasse que estava feliz. Eu queria Porto Alegre, não Torres. Essa era a linha oficial de pensamento. Mas, quando ela e Wagner foram trocar os lençóis, abri a porta de correr e enchi o pulmão com a brisa salgada.
 O que Alexandra estava fazendo agora? Como passava os dias? Com quem? Eis a dor e a delícia de se apaixonar. Todo mundo é o protagonista de um filme triste nessas horas e Torres era o cenário perfeito para minha prostração. Desde que partira para o Laranjal, Alexandra sumiu do mapa. Eu ligava, mas ela estava sempre dormindo ou passeando e nunca retornou uma ligação. Agora eu podia olhar para os paredões e pensar nela, pouco a pouco transformando minha melhor amiga, minha primeira namorada, numa divindade inacessível.
 — Domingo sua avó e seu irmão chegam — minha mãe disse, voltando dos quartos com os lençóis sujos enrolados no braço. — Você quer bolo de quê?
 — Eu não quero bolo.
 Ela suspirou, sumindo através da porta nos fundos da cozinha. Ouvi seus passos mexendo no que, eu supunha, era a área de serviço. Tampa da máquina abrindo e fechando, água

escorrendo da torneira. Ela voltou para a cozinha, servindo-se de um copo de suco. Olhou as garrafas de vinho arrumadas num canto da pia, mas logo desviou o olhar, dizendo que faria bolo de chocolate.

— Todo mundo gosta de chocolate.

— Meu avô não gosta.

— Seu avô é enjoado.

No domingo, cantamos parabéns à luz de velas enquanto ouvíamos as ondas quebrando com violência na praia. A tempestade gerou um apagão, o que fez vovô acender a lareira. Eu, minha mãe, meus avós, Wagner e André sentamos perto do fogo, aproveitando o calor.

— A Paula é uma mocinha agora — meu avô disse, girando sua taça de vinho. — Quinze anos.

— Ela só precisa de modos — mamãe comentou.

Minha vó acariciou meus cabelos, presos em duas tranças que caíam nos ombros.

— Quem diria — ela disse, puxando-me para mais perto. — Minha neta tem quinze anos.

Quando a luz voltou, era hora dos presentes. Ganhei um discman dos meus avós, que mamãe complementou com três CDs de uma lista que eu tinha feito. Wagner, por sua vez, apareceu com um pacote marrom embrulhado com uma fita cor-de-rosa.

— Eu não quero ser aquele padrasto chato que dá livros — ele disse, entregando-me o embrulho. — Mas acho que você vai gostar desse.

Desamarrei o laço e joguei o papel fora, analisando o título: *Delta de Vênus*.

Numa rara tarde de sol de nosso período em Torres, fiquei em casa enquanto mamãe e Wagner foram ao centro. Estava, é claro, proibida de entrar na água sem supervisão, mas nada me impedia de arrastar a cadeira até a praia e ler ao barulho das ondas. Foi o que fiz. Pouco mais de uma hora depois, o tempo fechou. Os gatos-pingados que aventuraram-se nas águas gélidas partiram e a praia ficou deserta. Choveria em breve, mas eu ainda tinha uma ou duas horas. No mais, não queria interromper a leitura. Não com aquele formigamento subindo pela perna de um jeito que eu não entendia muito bem. Eu balançava os pés, agitada, ao mesmo tempo que não queria parar. O irônico é que, na verdade, minha mente não se fixava nas frases, mas se perdia na imagem da língua de Alexandra. Quando dei por mim, o livro descansava aberto sobre minha barriga enquanto minhas mãos roçavam com leveza entre as pernas. Primeiro, com leveza. Então, quando a chuva veio, protegendo-me de olhares furtivos, com vigor. Perdi um pouco a noção, confesso e, se Wagner não tivesse aparecido quando caí de joelhos na areia, nada disso importaria. Mas lá estava ele, embaixo de um guarda-chuva verde, os olhos fixos em mim. Um momento depois, deu meia-volta e seguiu para casa. Paralisada, eu não sabia o que fazer, então peguei o livro ensopado e arrastei a cadeira até a casa.

— Paula, onde é que você estava? — mamãe disse, apontando o indicador na minha cara. — Wagner te procurou por toda parte!

Não respondi. Apenas escutei enquanto mamãe esbravejava sobre quão irresponsável eu era. Olha para você, ela disse, gritando. Pegaria uma pneumonia daquele jeito. Eu não tinha um pingo de juízo e ai de mim se eu tivesse entrado no mar sozinha! Dizendo isso, ela jogou uma toalha na minha cara e mandou que trocasse de roupa, saindo com raiva. Ouvi a porta do quarto batendo no fim do corredor. Pelo canto do olho, eu via a silhueta de Wagner na cozinha. Ele abriu a geladeira, encheu um copo de água e apoiou os braços no balcão. Respirei fundo antes de erguer o olhar.

— Eu...

Ele ergueu a mão.

— Não precisa explicar.

Fixei os olhos nos meus pés.

— Eu arruinei o livro.

Sussurrei tão baixo que duvidava que ele tivesse ouvido, mas Wagner terminou de beber a água e deixou o copo de cabeça para baixo no canto da pia.

— Uma cópia arruinada de *Delta de Vênus* é uma cópia bem aproveitada.

No meu último dia em Torres, as nuvens de chuva acumulavam-se no horizonte.

A água do mar, de um azul denso, complementava o chumbo do céu. Saí na varanda e inspirei profundamente. Wagner mencionou no outro dia a palavra para aquele cheiro: petricor. Cheiro de chuva. Primeiro a garoa cobriu o horizonte com uma camada fina. Depois, intensificou-se, ensopando a areia e espantando os banhistas. Sentei na cadeira do deque com um copo de chá mate. Descansando sobre a minha barriga, o exemplar enrugado de *Delta de Vênus*.

— Está gostando? — Wagner perguntou, sentando na cadeira ao meu lado. Ele apontou para o livro.

— Hum.

Ficamos em silêncio até a chuva passar. Terminei meu chá e disse que daria uma volta na praia. Mamãe alertou-me do horário. Implorou para que, dessa vez, eu não sumisse. Garanti que voltaria logo. Caminhei sem pressa, observando meus pés afundarem na areia molhada, por vezes forçando meu corpo para baixo de forma que as pegadas se delineassem com perfeição. Quando dei por mim, chegara nas rochas no limite da orla. A maré baixa revelava um complexo de pedras cobertas de algas. Havia ouriços e caranguejos. Andei por elas, notando a superfície rugosa onde era só rocha e escorregadia onde era alga. Tomei cuidado para não cair. Sentei na ponta, observando as ondas que não podiam me alcançar.

    A água respingava nos meus pés quando ouvi alguém chamando meu nome. Virei. Wagner, de bermuda cáqui e uma camisa esvoaçando ao vento, olhava-me com as mãos na cintura. Mamãe queria que eu voltasse. Sairíamos mais cedo para evitar o trânsito. Revirei os olhos. Antes de levantar, estiquei os pés. A água estava gelada. Wagner escalou as rochas. No caminho até o topo, quase caiu. Pela primeira vez naquele final de semana, esbocei um sorriso. Ele sentou ao meu lado. Depois, contemplamos o mar em silêncio.

    — O que você tem, Paula?

    Dei de ombros. Nada além de desânimo. Ele perguntou mais uma vez o que aconteceu. Quando mencionou o nome de Alexandra, meu corpo reagiu de forma involuntária. Não sentia vontade de chorar. Na verdade, não sentia nada. Foi só quando ele contou que ouviu minha mãe falando com a mãe de Alexandra pelo telefone que, rebelando-se contra a inércia, uma lágrima escorreu até meu queixo e manchou a camiseta. Alexandra me cortou da sua vida. Agora eu sabia o porquê. Wagner enxugou a trilha úmida na minha bochecha com os dedos. Sua mão ergueu meu rosto.

    — Desculpa por ontem — falei, notando que a respiração quente do meu padrasto tinha o cheiro amargo de café. Sentia o impulso de virar o rosto para o outro lado, mas não me movi. — Na praia.

— Não precisa pedir desculpas — ele disse, deixando suas mãos percorrerem o meu pescoço e delinearem a clavícula. — Foi a coisa mais linda que eu já vi.

Ele me beijou. Com movimento. Com língua. Interrompi o beijo tarde demais e corri para casa. Na volta para Porto Alegre, deitei no banco de trás da caminhonete de vovô. Não participei das conversas. Dormi. Nos meus sonhos, o beijo escalava de jeitos que me faziam tremer. Prometi a mim mesma que aquilo nunca se repetiria.

— Chegamos? — eu perguntei a vovó.

— Quase.

Pelas janelas, viam-se apenas os faróis dos outros carros. Não havia indícios de Porto Alegre no horizonte. Recostei no banco, o choro preso na garganta. Eu não sabia na época — pelo menos não de forma consciente —, mas aquelas férias estabeleceram os precedentes de uma nova rotina: esgueirar--me até o quartinho dos fundos da casa de mamãe, onde meu padrasto me fodia contra a estante de livros do escritório todo final de semana.

Polaroides

Wagner quis gravar a cena de sexo entre Romeo e Julieta no primeiro dia em Torres, o único sem previsão de chuva. Dirigia em pé na cama com Mariel deitada entre suas pernas enquanto ele operava a câmera. A manhã arrastava-se com a equipe reduzida no quarto abafado. Quando Wagner pediu pedras de gelo, Blake foi a primeira a se oferecer para buscá-las na cozinha.

Encontrou Gustavo passando café em um coador de pano. Na bancada de madeira, a versão impressa de *Jardim de inverno* descansava ao lado da câmera fotográfica.

— Terminaram?

Gustavo mexia a borra com uma colher. Blake revirou os olhos e, dando a volta na bancada, abriu a geladeira e respondeu que ainda não. Achou uma fôrma de gelo e despejou seis pedras em um copo de vidro. Perguntou a Gustavo que horas eram e, quando ele respondeu nove e meia, fez uma careta. A manhã não acabava nunca.

Além de Mariel, apenas Wagner, Robson, Oscar e a maquiadora estavam no quarto. O resto da equipe esperava na varanda e alguns caminhavam pela praia. Sentindo o corpo pesado, Blake entregou o copo a Wagner. Ele, por sua vez, deu duas pedras para Mariel e o pedido que fez deixou Blake estarrecida. Ele mandou que Mariel movesse as pedras em volta dos mamilos, de forma a enrijecê-los.

— Preciso de cinco minutos — Blake disse, dirigindo-se à porta.

Wagner protestou, pois começariam a gravar agora e depois disso, aí sim, teriam um intervalo. Blake disse que precisava ir ao banheiro.

— Eu cubro para ela — Iuri interveio, assumindo o boom. — Pode ir.

— Obrigada.

Blake assentiu para ele e, antes de sair, não evitou o olhar de esguelha para Mariel. Enrolada em um robe atoalhado, seus lábios tremiam como se estivesse com frio. Gotas de suor acumularam-se no buço, onde a maquiadora precisou aplicar mais uma camada de pó. Então Blake trancou-se no banheiro. Foi com relutância que voltou e com um nó no estômago que permaneceu. Ao meio-dia, Wagner veio até ela com uma Instax em mãos.

— Você que me deu essa ideia — ele disse, mostrando a câmera. Wagner reclamou do preço dos filmes, mas elogiou a qualidade das polaroides. — Você está dispensada hoje à tarde, dá para ver que precisa de um descanso.

Blake perguntou quem a substituiria e Wagner explicou que a cena com Mariel seria algo como a sequência no Jardim Botânico. Romeo fotografaria Julieta na praia e o erotismo da cena complementaria as expressões de Mariel no quarto. Sexo artístico, apenas sugerido e não mostrado, tal qual Blake queria.

— Entendi.

Sem perguntar mais nada, caminhou a curta distância até a casa dos tios de Gustavo. O cansaço era tanto que ela apenas deitou no quarto de visitas e, minutos depois, adormeceu.

Blake acordou no completo breu, ouvindo vozes indistintas vindas de fora, mas que diferiam dos sons do set. Abriu os grupos do WhatsApp e descobriu que a equipe de filmagem fora até um sebo no centro da cidade, onde Wagner gravaria um monólogo de Romeo. Ela mandou uma mensagem para Gustavo.

"Vai jantar no set?"

A resposta veio em seguida:

"Sim, ainda vai longe aqui."

Blake virou-se para o outro lado, onde uma janela de três folhas, de vidro, estendia-se por quase toda a parede. Através dela, via-se a casa de Wagner com todas as luzes apagadas. Blake perguntou-se se Mariel já teria jantado, mas talvez ainda dormisse. Enviou uma mensagem de texto. Não houve resposta.

Blake então caminhou até a casa ao lado e abriu a porta de correr da varanda com cuidado. Andou pelo espaço de plano aberto, sentindo o cheiro de madeira nova e água do mar. O único barulho vinha dos eletrodomésticos na cozinha. Blake demorou-se mais um pouco, apreciando a beleza do lugar. Os cômodos por si sós já tinham um grande apelo estético e certa dose de aconchego, mas nada se comparava à vista dos paredões. A lua crescente refletia sua luz na água do mar. Aquilo, sim, era uma vista. Blake entendeu o porquê de Wagner filmar em Torres com tanta frequência. Então, seu celular apitou, mas era apenas o grupo da equipe. Desligou.

— Mariel?

Do corredor, via-se a luz acesa em um dos quartos, o mesmo onde tinham feito a gravação da manhã. Blake bateu na porta e chamou Mariel mais uma vez. Ouviu movimentos, mas nenhuma voz. Bateu de novo, dessa vez abrindo uma fresta.

— Sou eu. — Blake empurrou mais a porta, apenas o suficiente para enfiar o rosto no vão. — Você já jantou?

O corpo de Mariel, encolhido em posição fetal, balançava em intervalos regulares com pequenos espasmos, como se ela estivesse com soluço. Blake franziu a testa e entrou, perguntando o que tinha acontecido. Só quando chegou perto o suficiente, viu que a garota, rosto inchado e olhos vermelhos, passara as últimas horas chorando. Quando Mariel ergueu o rosto e seus olhos encontraram os de Blake, ela irrompeu num choro convulsivo. Blake ajoelhou ao lado da cama, sentindo o desespero da jovem. Perguntou o que havia de errado, perguntou onde doía, perguntou o que deveria fazer, mas Mariel não respondia. Subjugada pela cólera, apenas balançava a cabeça e, nas duas vezes em que tentou falar, a voz não saiu. Só então Blake reconheceu o ataque de pânico. Ligou para a única pessoa que saberia o que fazer.

A primeira coisa que Ana sugeriu foi que Blake pegasse algo gelado e segurasse contra o tórax de Mariel por quinze minutos. No desespero de acalmá-la, Blake correu até a geladeira, pegou uma fôrma de gelo do freezer e enrolou as pedras num pano de prato. Ao aproximá-lo de Mariel, as pedras bateram umas nas outras, o que fez com que a garota desse um tapa na mão de Blake.

— Não! — Mariel disse, com dificuldade.

Blake então se arrepiou ao lembrar do que aconteceu de manhã. Mordendo os lábios com força, digitou uma mensagem para Ana explicando que gelo não funcionaria e perguntando se tinha alguma outra coisa que ela pudesse tentar. Ana mandou o link de uma playlist do YouTube.

"Tenta esses vídeos e uma bolsa de água quente."

Blake achou o computador de Mariel em cima da escrivaninha e, agradecendo por ele não ser protegido por senha, clicou no link que Ana enviou. A playlist chamava-se "Eat Jin". Blake apertou o play e posicionou a tela na frente de Mariel. Em trinta segundos de vídeo, os soluços amenizaram. No minuto seguinte, Mariel não soluçava mais. Abraçada à bolsa de água quente, o corpo parou de tremer e, aos poucos, a vermelhidão do rosto sumiu. Blake queria dizer palavras reconfortantes, algo que expressasse apoio emocional, que ela estava ali, que Mariel não estava sozinha, mas ficou em silêncio. Depois de um tempo, a única coisa que conseguiu dizer foi:

— Gostei das suas unhas.

Mariel esticou a mão direita e olhou o esmalte roxo decorado com estrelas prateadas. Blake repetiu o elogio, Mariel agradeceu e voltou aos vídeos, até que dormiu. Blake esperou um tempo antes de fechar o notebook e sair do quarto.

"Funcionou?", dizia a última mensagem de Ana.

"Sim", Blake respondeu, andando até a varanda. "Muito obrigada."

Blake fez menção de desligar o celular, mas, quando seus pés afundaram na areia da praia, o aparelho vibrou com mais uma mensagem de Ana.

"O que aconteceu?"

Blake sentou no deque da varanda e contemplou o mar. De fato, o quê?

12

Não contenho a curiosidade e pergunto a Blake onde Mariel está no momento em que Isabela, não Henrique, traz o cappuccino com creme extra. Deixa também um biscoito recheado de goiabada no pires. Noto que Blake é a única cliente a receber o agrado. Ela agradece. Se nota o olhar de Isabela, não transparece.

— Foi para o Canadá — Blake diz, adicionando uma colher generosa de creme no cappuccino. Ela mexe sem dó e lambe a borda da xícara. — Faculdade de relações internacionais.

Assinto, impressionada com a reviravolta, embora não surpresa. Blake conta mais. De acordo com seus tios, Agnes e Wagner passavam por um divórcio complicado. Quando se casaram, não dividiram os bens e agora brigavam judicialmente por cada objeto que possuíam. O intercâmbio de Mariel prolongou-se além do primeiro ano para que ela ficasse longe de tudo aquilo.

— Ela não atua mais?
— Não que eu saiba.
— Que pena.

Blake cruza e descruza as pernas. Então, pergunta como ninguém nunca descobriu o meu caso. Eu estava sempre com meus avós e minha mãe, até mesmo meu irmão, como isso passou despercebido da família? O meu riso é involuntário, pois alguém da família, de fato, descobriu. Só não era minha família. A descoberta tomou proporções dignas de uma farsa e se Blake digitasse as palavras certas no Google acharia as notícias da época. A questão era saber quais palavras digitar.

Porto Alegre, 1995

Dois meses de aula passaram-se e eu recusava a amizade de todos que estudavam comigo no Sagrado Coração de Jesus. Numa quarta-feira, mamãe e Wagner levaram-me ao meu restaurante favorito na hora do almoço.

— Estamos preocupados com você, Paula — mamãe disse.

A trégua estabelecida entre nós era uma farsa. Eu sabia que, em algum momento, ela descobriria o que se passava debaixo do seu teto desde o incidente de *Delta de Vênus*. É claro, suava frio só de pensar nesse momento, mas sentia um prazer sádico em repassar os diálogos que ocorreriam da forma mais dramática possível. Gostava particularmente do cenário onde mamãe me matava com uma faca de manteiga.

— Por quê?

O garçom com a peça de picanha parou ao meu lado e aceitei mais um pedaço. Não tinha pena de comer. Nas últimas semanas, sentia um prazer enorme em comer o máximo possível e, depois, botar tudo para fora. De preferência, em um banheiro público.

— Você está esquisita, Paula — mamãe começou, mas Wagner pôs a mão em seu braço. Ela parou de falar e, rearranjando a expressão, mudou o tom: — Nós achamos que vai ser benéfico você se envolver em atividades extracurriculares.

Foi então que mencionaram o teatro. Talvez eu não atuasse, mas não seria bom participar? Wagner quase não falou. De fato, deixou que mamãe conduzisse a conversa. Ao final, ela usou da chantagem emocional para dizer o quanto seria importante que eu me envolvesse com algo construtivo.

— Wagner disse que tem um papel nessa peça nova dele — ela disse, virando o cartão ao lado do seu prato para indicar aos garçons que estava satisfeita. — Como é mesmo?

— *Lolita*, meu bem.

— Essa mesmo.

Um sorriso cúmplice esboçou-se em meus lábios, mas não ergui o olhar. Por fim, concordei. Se significava um lugar novo para o que se passava entre nós, por que não? Wagner viu um conhecido e levantou para cumprimentá-lo. O conhecido era seu irmão, Oscar pai.

O papel de Clare Quilty foi a despedida dos palcos de Oscar pai. Aceitou o encargo como um favor a Wagner desde que o irmão dirigisse sua campanha política. Na época, Oscar pai era o que Leônidas é hoje: um candidato conservador rejuvenescendo sua imagem com o que fosse cool no momento. Então imagine você como não foi para ele chegar ao teatro uma hora adiantado e encontrar Wagner fazendo comigo o que Humbert fazia com Dolores? Algo clicou na cabeça do homem.

— Logo ele aparece — Wagner disse enquanto andava pela coxia.

Era noite de estreia.

O primeiro e o segundo ato decorreram com uma precisão absoluta, mesmo sem Oscar. Era como se os atores estivessem em sincronia entre si e em simbiose com o público. O atropelamento de Charlotte, momento em que Lolita vira órfã à mercê do padrasto, uma das cenas que eu considerava a mais complicada, arrancou aplausos entusiasmados da plateia. A euforia dos holofotes contaminou-me por inteiro. Aquilo que Wagner enfatizava era verdade: eu sentia que o palco era meu lugar.

Ao final do segundo ato, as luzes apagaram-se. Nos quinze minutos de intervalo, enquanto eu vestia a barriga de grávida, vi o substituto de Oscar virar uma dose do que mais tarde descobri ser chá de hibisco com gotinhas de Rivotril. Ele me ofereceu um gole. Recusei.

O sino soou, anunciando o início do último ato.

Wagner, é claro, não tinha como realizar a cena do homicídio com a complexidade do romance de Nabokov. Na sua versão simplificada, Quilty e Humbert sentam-se de frente um para o outro em poltronas. Depois de uma briga onde se debatem no chão, Quilty foge pela escadaria até um segundo piso, onde há um piano. Nos degraus, Quilty leva um tiro cenográfico atrás do outro. Assim foram os ensaios.

A cena seguiu como o planejado até a parte em que Wagner e o ator substituto esbofeteavam-se no chão. O som em cadência de todas as teclas do piano interrompeu a briga. Era Oscar. Ele desceu os primeiros degraus em evidente desequilíbrio. Wagner, percebendo a embriaguez do irmão, sinalizou para o técnico desligar a luz e fechar as cortinas. Correu para acudir Oscar, bamboleando nos degraus, no minuto em que as luzes apagaram. No escuro, ouvi:

— Seu grandíssimo filho da puta.

Então, Oscar empurrou o irmão escada abaixo.

13

Percebo os dedos de Blake inquietos. Ela não interrompe meu relato, mas vejo sua ânsia de pesquisar as imagens. Digo para procurar a seguinte manchete, uma das minhas favoritas: "Candidato a deputado envolve-se em acidente durante apresentação de *Lolita*".

— Acidente? — Blake diz ao ler a matéria. — E eles acreditaram?

— Wagner confirmou.

— Porque eram irmãos.

— Sim, porque eram família.

Blake abre uma segunda matéria e, depois, uma terceira. Na última, uma galeria de fotos mostra imagens do espetáculo.

— O Oscar filho é igualzinho ao pai. — Então ela abre uma foto minha com o uniforme escolar de Dolores. Meus cabelos eram compridos na época, negros e cacheados. Usava pouca ou nenhuma maquiagem, deixando que o cabelo emoldurasse o rosto. Blake admira a imagem por mais um momento. — Muito bonita.

Recosto na cadeira, suspirando ao lembrar daqueles tempos.

— A idade é cruel — digo, embora não acredite nisso. A idade, comigo, foi benfazeja, mas ela referia-se à minha aparência. Ouvi-me reforçando: — A idade é cruel com todo mundo.

— Não com você.

Limpo a garganta e volto ao assunto anterior: alguém havia,

sim, descoberto o que se passava entre mim e Wagner. As circunstâncias, no entanto, desembocaram numa comédia de erros.

— Mas com você foi diferente — continuo, lembrando como Blake confrontara Wagner depois do ataque de pânico de Mariel. Apesar de ter lido a descrição em *Polaroides*, queria ouvir da sua própria boca. — Não foi?

Uma sombra cobre seu rosto.

— *Polaroides* é como eu gostaria que tivesse sido, não como foi.

— Ah, é?

— A Ana foi gentil comigo.

Blake respira fundo, dizendo que, na verdade, o desfecho na vida real foi mais do mesmo, no que eu discordo. Em uma situação dessas, a gente nunca sabe como reagir, por mais que discussões teóricas apontem caminhos. Na realidade, é tudo complicado e o racional, muitas vezes, nos deixa na mão. As nuances salvaguardam o que é bom, mas também amenizam o que é ruim. E no meio disso tudo a gente paralisa. Como Blake. Como mamãe. Como eu. Mas Blake não paralisou para sempre e Ana sempre esteve em movimento. E, *alas, Polaroides* existe.

Polaroides

Blake acordou com a garganta seca. Ao seu lado, Gustavo dormia. Pé ante pé, ela pegou o celular e saiu até a varanda, afastando-se um pouco e afundando os dedos na areia gelada. Sentiu-se um pouco melhor. O serviço de catering preparava o café da manhã em uma mesa dobrável em frente à casa de Wagner enquanto a equipe técnica organizava os equipamentos para a diária.

O sol brilhava ameno sobre a praia deserta. Blake escaneou os poucos rostos que circulavam entre as duas casas e não viu Wagner entre eles. Na noite anterior, contara a Gustavo o que aconteceu. Blake, é claro, tinha suas teorias. Ao ouvi-las, Gustavo respirou fundo, enfatizando que ela precisava conversar com Wagner, pois se Mariel sentira-se desconfortável, ele, como diretor do filme e padrasto da garota, tinha de estar a par da situação. Blake perdeu a paciência. Entre desconforto e ataque de pânico havia um abismo. Gustavo concordou, dizendo que ela tinha razão e por isso mesmo precisava contar tudo a Wagner. Blake aproximou-se da diretora de produção.

— Você viu o Wagner?

— Ele deve estar no quarto — respondeu, apontando para a casa e, depois, pegando um pedaço de bolo de laranja. — Tem café, viu? Chá também.

Blake agradeceu. Então, viu sua imagem refletida na porta da varanda. Descabelada, de camiseta e calça de moletom, estava evidente que acabara de acordar. Não apresentava a seriedade que a conversa com Wagner requisitava. Respirou fundo. Não queria entrar na casa. Dormira mal a noite toda pensando no que falar e, nas poucas horas de sono, teve pesadelos com os piores cenários possíveis. Mesmo assim, subiu os degraus até o deque e entrou.

A porta do quarto de Mariel estava aberta, mas ela não estava na cama desarrumada e nem no banheiro. Na extremidade do corredor, uma única porta fechada dava acesso ao quarto de Wagner. Blake aproximou-se e bateu, mas não houve resposta. Entrou.

A cama arrumada e o pijama dobrado em cima da cômoda indicavam que Wagner saíra havia algum tempo. Blake desviou o olhar dos chinelos de dedo alinhados no chão e espiou dentro do banheiro da suíte.

— Wagner?

Notou o piso molhado dentro do box. Tomar banho, ele tomou, pensou consigo mesma, mas não havia ninguém ali. Voltou ao quarto e sentou na cama. Seu coração batia com violência, mas ela racionalizou que não havia motivo para tanto. Conversaria com Wagner outra hora, uma em que estivesse calma e com os pensamentos no lugar. Sentindo-se um pouco melhor, dirigiu-se à porta. Parou ao ver uma cópia de *Jardim de inverno* na mesa de cabeceira. Logo na capa, havia um texto escrito à mão. Um diálogo.

Blake conferiu se não havia ninguém no corredor e, não vendo sinal de movimento, fechou a porta. Sentou na beirada da cama com o roteiro em mãos. O diálogo manuscrito recontava uma conversa que ela tivera com Wagner semanas atrás. As inicias W e B indicavam as personagens. B, insegura com a própria escrita, buscava os conselhos de W. W garantiu que B tinha talento, ao contrário de M, que possuía beleza. B discordou. Não só M tinha talento, como não tinha ela, B, beleza? W acrescentou que poderiam ter um pouco de tudo, mas cada uma sobressaía em algo. Ou em nada. B então pergunta no que W sobressaía. Embaixo da última pergunta, havia uma lista de palavras rasuradas e uma sublinhada. Blake distinguiu "genialidade" e "visão" entre as rasuradas. A última, funda no papel de tantas vezes que fora escrita, dizia apenas "livre-arbítrio". Blake virou a página.

O estômago revolveu conforme avançava entre as cenas e diálogos onde ela própria era a personagem. O pior, pensou, era que tinha de fato dito muitas daquelas coisas. Blake interrompeu a leitura depois de achar uma descrição extremamente gráfica de sexo entre B e W em duas páginas avulsas. Lavou o rosto na pia do banheiro, esfregando a pele com tanta força a ponto de as bochechas arderem. Depois, retomou a leitura.

Uma nota no rodapé da página quarenta e sete dizia: "Aparência x Essência. Camila, personagem vazia. Experimento estético. Drama sem conflito, conflito sem força. Print da Mona Lisa numa loja de artigos de decoração". Blake não teria dado tanta importância àquela observação, uma repetição das consultorias passadas, não fosse por uma seta que conduzia a uma segunda nota. Essa, escrita na vertical, tinha apenas duas palavras. "Como B."

Se Blake tivesse parado aí esta história não existiria, mas ela virou a página. Presas com um clipe no alto da folha, um conjunto de polaroides mostrava Mariel nua na praia. Ali, Blake sentiu o impulso de parar. Ao desprender as imagens do clipe, cruzava a linha imaginária onde o limite estabelecia-se. As imagens, ela reconheceu, eram do dia anterior e não havia nada de mais nelas, exceto nas duas últimas. Mariel de olhos fechados e a boca aberta. Sêmen no tórax. Na outra, uma mão segurando um pênis ereto. Poderia ser a mão de qualquer pessoa, não fosse um detalhe: unhas roxas com estrelas prateadas.

14

É aqui que as histórias divergem.

Quando Wagner entra no quarto, o diálogo imaginado por Ana é intenso, bem argumentado e, de certa forma, devastador. Nada se resolve. A vida continua apesar da tragédia ou em decorrência dela. A Blake personagem abandona o projeto em polvorosa e o filme não se realiza, pois Mariel também o deixa.

Na vida real, Blake conta que ninguém entrou no quarto ou flagrou as polaroides. Ela vomitou na pia do banheiro e, depois, correu até a outra casa. Em questão de horas, deixou Torres para trás. Não via Wagner desde então.

A essa altura, estamos entre as últimas clientes no Café Majestic. Henrique passa pelas três mesas restantes informando que a cozinha encerraria as atividades. Gostaríamos de mais alguma coisa?

— Só a conta — eu digo e, então, me viro para Blake. — A não ser que você queira.

Ela balança a cabeça. Não queria mais nada. Henrique, em vez de sair, demora-se mais um pouco, lançando um olhar para a amiga. Queria perguntar algo, mas temia me interromper. Como já o havia feito, pergunta com a voz baixa:

— Você vai com a gente?

— Vou — Blake responde, ajeitando-se na cadeira. Era impressão minha ou ela estava impaciente? — Mais tarde.

Henrique entende e fico a sós com Blake mais uma vez.

Ela alcança o copinho com a água com gás e vira tudo de uma vez, o semblante ainda mais sério do que antes.

— Mas *Polaroides* não termina aí — eu digo, interrompendo seu fluxo de pensamentos. — Tem um capítulo final.

Blake balança a cabeça, a expressão contorcida em uma careta de desgosto.

Polaroides

Blake abandonou *Jardim de inverno* na última semana de filmagens de *Rosas de Romeo*. Sem o emprego no Majestic ou um projeto para ocupar suas horas, decidiu repintar as paredes do apartamento. O plano era lixar e pintar uma das paredes durante a manhã e, com a ajuda de Gustavo, terminar outras duas durante a tarde. No almoço, pegou o celular para pedir alguma coisa para comer e viu uma mensagem não lida no chat. Era Gustavo.

"Vou atrasar. Reunião."

Ele chegou bem mais tarde. Desculpou-se, elogiou a cor e, beijando a testa de Blake, disse:

— Você não vai acreditar na manhã que eu tive.

Ela segurava o rolo de pintura quando Gustavo contou que fora convidado para reescrever *Jardim de inverno*. Blake controlou o impulso de gritar que Gustavo não era roteirista. Sequer era fotógrafo. Na verdade, o que ele era? O faz-tudo da Pampa Produções. Ela respirou fundo e, comedida, deixou escapar um quase inaudível:

— Como assim?

— Oscar precisa de alguém para desenvolver a nova escaleta.

— E você disse o quê? — Blake perguntou, sentindo o rolo deslizando entre seus dedos. Segurou-o com mais força.

— Não, né?

Gustavo fez uma careta. Aproximou-se da namorada, envolvendo seu rosto com as mãos. Beijou a ponta do nariz.

— Por que eu diria não? — ele perguntou, aveludando a voz. Não disse "meu amor", mas envolveu Blake num abraço. Deveriam separar a vida pessoal do trabalho, não? Blake reiterou isso ao longo de todo o relacionamento. — É uma ótima oportunidade.

O aperto cedeu. O rolo caiu e, ainda molhado de tinta, manchou o taco de azul.

15

Meu Uber chegaria em quatro minutos. Agora eu sou, de fato, a última cliente do Majestic. Blake me acompanha até o lado de fora, abrindo a porta para que eu passe primeiro. O vento frio balança o túnel verde e cora o rosto dos transeuntes.

— Carta branca, então? — Blake diz, abraçando o próprio corpo. — Mesmo que eu não queira escrever só uma adaptação de *Polaroides*?

Enrolo o cachecol no pescoço e fecho o primeiro botão do sobretudo.

— O que você quiser.

— E se eu quiser a sua história também? — Sua expressão fica séria. Vejo em seus olhos o brilho ansioso da expectativa. — E a de Júlia?

Termino de abotoar o casaco. Meu celular apita com uma notificação de que o Uber chegaria em menos de um minuto. Quando expiro, o ar quente de meus pulmões encontra a temperatura baixa e forma uma fumaça na noite fria.

— O céu é o limite.

Blake sorri, apertando as mãos contra a lã da blusa. A ponta do nariz e a bochecha avermelham-se. Sugere outra reunião para discutir a possibilidade de uma história original, uma que adicionaria mais duas linhas narrativas a *Polaroides*. Os faróis de um carro ofuscam minha visão por um momento. Então, o Fiat Uno estaciona no meio-fio e o motorista grita meu nome pela janela.

— Semana que vem? — ela insiste.
— Aqui mesmo? — pergunto, acenando para o motorista.
— No Majestic?

Blake concorda, despedindo-se e correndo para o calor do café. Entro no banco de trás do carro e bato a porta, pedindo ao motorista que espere um momento. Pelas janelas em arco, as luzes do Majestic apagam-se. Todas, exceto o abajur no balcão. Mesmo a distância, vejo Blake sentar em uma das banquetas diante da máquina de expresso, as bochechas enrubescidas enquanto ela ri cercada por Henrique e Isabela.

— A senhora está esperando alguém? — o motorista pergunta.

Respondo que não, sou só eu mesma. Ele dá partida. Antes de virarmos na esquina e perder o Café Majestic de vista, olho para trás uma última vez.

ESTA OBRA FOI COMPOSTA PELA ABREU'S SYSTEM EM ADOBE GARAMOND
E IMPRESSA EM OFSETE PELA LIS GRÁFICA SOBRE PAPEL PÓLEN BOLD
DA SUZANO S.A. PARA A EDITORA SCHWARCZ EM JULHO DE 2023

A marca FSC® é a garantia de que a madeira utilizada na fabricação do papel deste livro provém de florestas que foram gerenciadas de maneira ambientalmente correta, socialmente justa e economicamente viável, além de outras fontes de origem controlada.